설레는 오브제

Romancing
Objects

설레는 오브제

사물의 이면에는
저마다의 사연과 궁리가 있다

이재경

갈매나무

번역가의 물체주머니

어렸을 때 '물체주머니'가 있었다.

엄연한 학교 준비물이었고 문방구에서 팔았다. 복주머니 형태의 합성소재 가방에 든 내용물은 충격적으로 허술했다. 돌멩이 몇 개, 나무토막 몇 개, 끈 조금, 실 약간, 구슬, 공기공, 진짜였는지 지금도 궁금한 조개껍데기와 깃털. 수업에서 이 주머니를 어떻게 썼는지는 정작 기억나지 않는다. 물체주머니에 대해 남은 기억은 우리가 나름대로 주머니를 채웠던 기억이다. 어차피 있는 주머니였고, 우리에게 일임된 일이었다. 여덟 살짜리에게 그런 일은 흔치 않았다. 아이들은 주위에서 사물을 모았다. 지금 생각하면 지극히 사적인 선택이었다.

어떤 아이는 천을 작은 핑킹가위로 잘라서 넣었다. 천은 매일 자꾸만 들쭉날쭉하게 작아졌다. 다른 아이는 화단에 떨어진 사루비아를 주웠다. 빨간 대롱 같던 꽃잎은 의외로 빨리

시들었다. 다른 아이는 우유병 종이뚜껑을 모았다. 손톱으로 들어낸 뚜껑 한끝이 작게 뜯겨 있었다. 물체를 모으는 주머니에는 각자의 싹들이 담겼다. 아직은 유치하고 미숙한 관심의 싹. 사유의 싹. 미련의 싹. 무엇보다 장차 뭔가에 매혹될 싹수들이었다. 그때 문방구에서 차라리 비어 있는 물체주머니를 팔았으면 어땠을까 싶다. 그랬다면 우리의 물체 수집이 더 설레는 일이 됐을 것 같다.

◈

번역가는 언어를 옮기면서 언어 너머의 문화도 나르고 행간에 누운 정서와 태도도 나른다. 직선도로로 운반이 어려우면 때로는 우회로도 내고, 때로는 급한 대로 징검다리나 출렁다리도 놓고, 때로는 할 수 없이 비행기도 띄운다. 낙하산을 메고 뛰어내리다가 엉뚱한 곳에 불시착하기도 한다. 번역가를 외국어 잘하는 사람으로 생각하기 쉬운데, 사실 번역가는 말을 출발어에서 도착어로 이고 지고 나르는 막일꾼이다.

　번역 노동에서 많은 부분을 차지하는 것이 검색이다. 인터넷은 번역가에게 축복이자 저주다. 배경지식과 팩트체크를 위해 이리저리 헤매다 보면 팔자에 없던 많은 사연을 접한다.

브루클린브리지를 세운 겁나는 공학, 루소의 〈카니발의 저녁〉이 관람객을 웃게 한 이유, 런던 수정궁의 행방, 바나나가 내는 방사선량……. 사연들은 주로 사물에 얽혀 있다. 이를테면 산딸기raspberry는 어쩌다 '혹평'을 뜻하게 됐을까? 구두상자shoebox는 어떻게 뮤직홀을 대변하게 되었나? 우편함이 비둘기집pigeonhole인 것은 비둘기가 했던 일 때문일까, 비둘기집의 모양 때문일까? 염소 뿔을 닮은 마녀의 모자와 'horny'라는 음란한 단어에는 어떤 삼각관계가 있을까?

사물 뒤에는 문화적 맥락이 쌓여 있을 때가 많다. 사물에 붙은 이름과 그것이 일으키는 심상도 그 맥락들과 무관하지 않다. 이런 생각이 든다. 우리가 읽는 텍스트는 거기 등장하는 사물들 뒤의 사연들까지 모두 합쳐서 완성된다. 사연까지 다 알아야 다 읽는 것이다. 불가능한 얘기다. 네버 엔딩 스토리다. 누구보다 번역가가 그걸 실감한다. 번역은 텍스트를 뜯어 읽는 작업이기 때문이다.

❧

어릴 때 물체주머니를 채울 때처럼, 언제부터인가 작업과 생활에서 심상찮게 마주친 사물을 모으기 시작했다. 번역 텍스트에서 처음 통성명한 사물을 기념품처럼 하나둘 챙기기 시작했고, 그게 소소한 설렘이 됐다. 예전에는 사물의 물성을 모았다면 이번에는 사물의 감성을 모았다. 어릴 때처럼 여기에도 내 취향과 관심사가 깊이 관여해 몹시 개인적인 컬렉션이 됐다. 거기에 기대서 우리가 사는 시간과 세상을 말하고 싶었다.

이 책은 설레는 사물들의 뒤를 밟은 작은 결과물이다. 사물의 뒤를 캐다 보면 고전부터 대중문화까지 인문의 다양한 분야가 두루 소환된다. 사물을 매개로 현실과 환상이 만나고, 지식과 감상이 얽힌다. 범주화가 없는 대신 교차점들로 가득하다. 결국은 지은이가 번역 책상을 잠깐씩 떠나 일상에서 두 발짝 너머로 끌리는 것들을 따라 미행한 이야기들이다. 이야기들을 지면에 놓다 보니 순서가 생기고 묶음이 생겼다. 하지만 읽을 때는 거기에 구애받을 필요가 없다. 이 책은 사실 시작도 끝도 없다. 아무데나 펼쳐놓고 읽기 시작해도 무방하다. 더 궁금하고 끌리는 것부터 읽어도 좋다. 독자의 생각이 만든 갈래와 가닥들이 부족한 글을 채워주었으면 좋겠다.

차례

———✤———

일상의 궤도 밖에서

연상의 고리들

욕망의 부득이함

마음의 여러 이름들

소소한

모두스

오페란디

팔러 체어
PARLOR CHAIR

환대의 공간에서
혐오의 상징까지

팔러는 응접실을 뜻한다. 원래부터 응접실은 아니었다. 중세
프랑스의 수도원과 수녀원에서는 묵언수행을 원칙으로 하는
곳이 많았다. 대화는 부득이할 때 따로 지정된 방에서만 가능
했다. 그 방 이름이 팔러(프랑스어로는 'parloir')였다. 프랑스어
동사 'parler(말하다)'에서 나온 말이다. 그야말로 말하는 방이
라는 뜻이다. 'parler'를 영어식으로 발음하면 실제로 '팔러'
에 가깝다.

이 단어가 속세로 나와서 종교나 수행과는 거리가 먼 공
간들을 지칭하는 말이 됐다. 귀족 저택에서 사담과 사교가 꽃
피는 방. 관공서에서 회담과 공회가 열리는 방. 그러다 영국
으로 건너가 대중화되면서 오늘날 우리에게 친숙한 의미가

됐다. 너른 창으로 길이나 정원이 내다보이는, 그래서 손님의 도착이 잘 보이는, 젠트리 계급과 신흥 자본가의 접객용 공간. 즉 응접실이 됐다. 개인 집의 응접실뿐 아니라 상류층을 상대하는 호텔이나 부티크나 클럽의 담소용 공간도 팔러로 불렀다. 우리에게 사랑舍廊이 양반의 교유와 논전의 공간이었다면 유럽에서는 팔러가 상류사회 네트워킹의 본산이자 말초였다. 무엇보다 팔러는 장소와 주인의 격을 보여주는 공간이라서 멋스러운 가구와 소품이 집결했다.

세월이 흐르면서 '팔러'는 팔러로 지칭되던 장소들의 기능과 무드를 대변하는 말이 됐다. 그래서 '팔러' 하면 특정 라이프스타일, 사회적 위상, 감성 코드, 인테리어 풍이 떠오른다. 모리스 벽지를 바른 벽을 따라 치펀데일 가구가 놓여 있고, 그 사이마다 금색 조각장식 액자들이 즐비하게 붙어 있고, 그중에는 그림인 척하는 흐릿한 거울도 반드시 하나 끼어 있고, 바닥에는 아르누보 러그가 화려함을 더하고, 고양이다리 탁상의 동양풍 화병에는 양귀비꽃이 빨갛고, 프랑스자수 테이블보를 덮은 탁자 위에는 꽃무늬 전등갓 아래 꽃무늬 찻잔, 그 옆에는 붉은색 버크럼 천으로 제본한 책이 괜히 한 권, 탁자 뒤에는 괜히 열어놓은 콘솔형 피아노 위에 괜히 펼쳐놓은 악보. 벽돌 벽난로와 술이 달린 커튼과 촛대 샹들리에도

떠오른다.

하지만 그곳을 지배하는 오브제는 역시 의자다. 담소라는 그곳의 용도를 표명하는 물건. 그곳에 놓일 법한 의자를 통칭해서 팔러 체어라고 한다. 등이 네모난 엠파이어 체어인지 등이 둥그런 카브리올레 체어인지, 어느 왕조의 이름을 달고 있는지, 일인용인지 다인용인지, 그런 것들은 중요하지 않다. 다만 팔러 체어의 공통점을 찾자면, 의자의 뼈대를 가리고 쿠션감을 주기 위해 충전재를 넣은 다음 화려한 직물로 마감했다는 것이다. 등과 엉덩이가 푹신해야 팔러 체어다.

이 직물 커버를 업홀스터리upholstery라고 한다. 충전재를 채우고 커버를 씌우는 가구 제작 방식도 업홀스터리라고 한다. 그러니까 팔러 체어는 업홀스터드 체어upholstered chair다. 영문 텍스트에 가끔씩 등장하지만 한마디로 깔끔하게 번역하기 난감한 단어 중 하나다. 대략 안락의자쯤으로 번역되는데 사실 안락의자는 팔러 체어의 용도는 일부 대변할지 몰라도 팔러 체어의 제작 방식까지 내포하진 못한다. 이래저래 이 방면 용어들은 번역이 어렵다.

팔러 체어는 공간에 '팔러'의 느낌을 부여한다. 카페와 바, 도서관과 회의실, 침실과 서재와 본질적으로 다른 공간을 만든다. 동시에 그것들을 조금씩 합쳐놓은 공간으로 만든다. 장場, venue의 변방에 있는 공간을 내밀한 중심에 놓는다. 팔러에 있으니까 팔러 체어가 아니라 팔러 체어가 있는 곳이 팔러다. 그렇게 팔러 체어는 팔러라는 물리적 공간에 묶여 있을 필요도, 팔러를 채우던 다른 물건들과 연대할 필요도 없이 그 자체로 하나의 오브제가 됐다. 생활과 감상, 기능과 장식, 본本과 풍風, 세련과 고집이 함께 있는 오브제. 호불호가 갈리겠지만 우리에게 팔러 체어는 서양 가구의 고전미를 대표하는 물건 중 하나다. 우리나라 특유와 나름의 공간들과 만나면 파격을 선사하는 동시에 예스러움을 안긴다. 물론, 다시 말하지만, 취향이 맞을 때 얘기다.

그런데 팔러 체어를 검색하면 치과 의자와 비슷한 미용실 의자가 함께 죽 뜬다. 왜 그럴까?

프랑스에서 영국으로 간 단어 '팔러'가 미국으로 건너가서 뜻이 더 심하게 대중화한 까닭이다. '팔러'는 특정 상품이나 서비스를 취급하는 비즈니스 영역으로 퍼졌다. 대표적인 것이 미용실beauty parlor이다. 그뿐 아니다. 아이스크림 가게ice-cream parlor와 피자 가게pizza parlor에서 안마시술소massage parlor와 타투숍tattoo parlor까지 갔다. 참, 장례식장funeral parlor도 팔러다. 장례식장에 '팔러'를 쓰는 이유는 초상이 나면 장례식 전까지 팔러에서 문상객을 맞았기 때문이라는 말이 있다. 어쨌든 팔러는 이제 초심을 정말 많이 벗어났다. 영어 사용자들이야 익숙해서 괜찮을지 모르지만 다른 언어권 사람에게는 '팔러가 왜 거기서 나와?'다. 그런데 진짜 난처한 비약은 따로 있다.

2021년 1월, 미국 대선 결과에 분노한 극렬 트럼프 지지자들이 연방의사당에 난입하는 사태가 있었다. 이 사태 이후 트위터와 페이스북이 '극우세력이 폭력을 선동하는 통로가 될 수 있다'는 이유를 들어 트럼프의 계정을 영구 차단했다. 그러자 트럼프 지지자들이 우파 SNS로 알려진 '팔러Parler'로 대거 갈아타면서 이 앱이 화제에 올랐다. 원래부터 극우 활동가들과 극우 단체들이 애용하던 팔러 앱은 인종차별적인 혐오발언과 음모론으로 유명하다. 이 앱의 이름도 새삼 화제가 됐다. 스펠링은 프랑스어 'parler(말하다)'와 같다. 이 앱이 명색은 언론의 자유free speech를 표방하기 때문이다. 그런데 문제는 발음이 'parlor(응접실)'와 같다는 것이다. 사실 팔러는 미국으로 건너와 미용실과 아이스크림 가게가 되기 전에는 노예제 사회의 백인 우월주의와 계급의식을 상징하는 단어였다.

단어는 언어권과 문화권을 넘으며 모양과 뜻이 변한다. 모양과 뜻이 유지된다 해도 거기 따르는 심상은 어느 정도 달라지기 마련이다. 우리는 클리셰cliché를 진부한 표현을 뜻하는 말로 쓴다. 하지만 그건 영어 클리셰의 뜻이고, 단어의 고향인 프랑스에서는 클리셰가 고정관념에 가깝다. 그게 그건가? 좀 다르다. 망토manteau는 프랑스에서는 그냥 외투인데 우리나라에서는 특정 형태의 외투다. 시크chic도 프랑스에서는 그냥 멋지다는 뜻인데 한국에서는 도도하고 무심해야 시크하다. 언어는 문화를 옮기면서 자신도 문화에 옮아 계속 변질한다.

'팔러'는 프랑스에서 종교와 기관의 냄새를 풍기다가 영국으로 와서 상류층의 과시 풍조를 대표했고, 19세기 제국주의 시대에 대서양을 건너며 인종주의와 특권의식의 꼬리표를 달았고, 급기야 21세기 온라인 공간에서 침묵하지 않는 편견의 장이 됐다. 이는 말로 죄짓지 않겠다는 서약의 변질이고, 안목을 유포하던 네트워킹의 변질이다. 하지만 팔러의 문화사적 맥락에서 멀리 떨어져 있는 우리는 팔러 체어처럼 사물화된 팔러의 개념만 접수했다. 우리에게 팔러는 빈티지나 앤티크와 동의어다. 우리는 감성을 수집하고 소비하는 세상에 산다. 감성 시대의 믹스매치 유행 속에서 팔러 의자도 다른 많은 것들처럼 주로 감성의 객체 또는 매체로 기능한다. 옛날 감성. 옛날 유럽 감성. 옛날 유럽 부자 감성. 한때 유행했던 북구 도자기처럼. 얼마 전까지 핫했던 뉴욕 서브웨이 타일처럼. 감성 유행의 많은 경우가 문화사대주의에서 자유롭지 않다. 하지만 때로는 맥락은 잊고 그냥 유행을 유행으로 소비하는 것이 마음 편하다. 또 아는가. 기존의 맥락을 떠나면 다른 매력이 생길지도. 사랑하면 과거는 잊어주세요.

뱅커스 램프
BANKER'S LAMP

지난 시대의 실용,
장식이 되다

영미 드라마에 한국 드라마의 밥상만큼 자주 등장하는 아이템이 있다. 바로 초록색 유리 갓과 황동 받침대에 쇠줄 스위치가 달린 탁상용 전등, 일명 뱅커스 램프다. 여기서 핵심은 영롱한 초록색 유리 갓이다. 유리 갓 안쪽은 오팔처럼 유백색이고 바깥쪽은 에메랄드 같은 초록색이라서 불을 켜면 아늑하게 밀도감 있는 빛이 생긴다. 이런 모양의 탁상용 전등은 1909년 H. D. 맥패딘H. D. McFaddin이라는 미국의 전등 회사가 처음 디자인 특허를 내고 생산했다. 출시 당시 상품명은 에메랄드emerald와 빛light을 합친 에메랄라이트Emeralite였는데, 그보다는 뱅커스 램프로 널리 알려졌다.

그런데 이름이 왜 하필 '은행가의 등'일까? 군이 따지자면 은행보다는 법정과 도서관에 더 단골로 등장하던데? 확실한 것은 모르지만 가장 신빙성 있는 설은 이렇다. 녹색은 눈의 피로를 덜어주는 색이다. 그래서 19세기 말부터 20세기 중반까지도 미국에서는 은행업 종사자를 비롯해 장시간 장부를 보거나 계산을 해야 하는 사람들이 녹색 바이저green eyeshade를 쓰고 일했다. 영어 텍스트에서 'green eyeshade types'라는 표현을 본 적이 있다. 회계 분야 종사자들을 낮잡아 부르는 말이다. 또 어느 텍스트에서는 경제 성장보다 예산 수지에 목매는 국회의원을 'green eyeshade Republicans'라고 조롱했다. 그러다 이 녹색 바이저가 숫자뿐 아니라 글자와 씨름하는 모든 직업군으로 번졌다. 실제로 미국 영화를 보면, 한강 변 파워워킹족이 애용하는 선캡과 비슷한 녹색 바이저를 쓴 사무원, 타이피스트, 전신기사, 편집자, 카드 딜러가 많이 나온다.

초록색 갓이 달린 전등을 뱅커스 램프라고 부르게 된 데에는 이렇게 시력 보호용 바이저라는 꽤 실용적인 연결고리가 있다. 아니, 있다고 추정된다.

뱅커스 램프는 사무와 연구의 공간에서 일상의 공간으로 퍼져나갔다. 포커테이블과 커피테이블까지, 화장대와 피아노 위까지 퍼졌다. BBC 〈에이번리의 앤Anne of Avonlea〉과 〈미

스 마플Miss Marple〉 같은 시대극에도 나오고, 〈프레이저Frasier〉
와 〈프렌즈Friends〉 같은 미국 시트콤에도 나온다. 법정 드라마
와 학원물은 물론 액션물에도 등장한다. 음모자들의 등 뒤에
도, 진실을 캐는 기자의 안경 너머에도 초록색 전등갓이 유유
히 존재한다. 런던 타운하우스에도, 시골 코티지에도, 마천루
사무실에도 주인공이 가는 곳이면 어디에나 있다. 엉망으로
해놓고 사는 사람의 집에 들이닥쳐 막무가내로 집을 꾸며주
는 TV 프로그램을 봤다. 뱅커스 램프는 그런 센스 제로의 거
실에도, 그걸 욕하는 인테리어 디자이너의 작업실에도 있었
다. 서구 영상물에 이처럼 뻔질나게 등장하는 소품도 드물다.

뱅커스 램프는 지금은 기능성보다 빈티지한 매력 때문
에 사랑받는다. 특정한 분위기가 있지만 놀랍게도 어느 공간
에나 어울린다. 묵직한 마호가니 책상 위에 올라앉아 있어도
멋스럽고, 차가운 철제 가구 사이에서도 멋진 포인트가 된다.
어둠 속에서는 고양이 눈처럼 빛나고, 데이지 화분 옆에서는
더없이 정겹다. 체계를 요하는 자리에 권위를 실어주고, 소박
한 공간에 감성을 더한다. 집중이 필요한 자리에 초점을 낸
다. 호텔 로비 같은 접객 공간에서는 향수와 계획을 동시에
부른다. 녹색은 심리적 안정을 주는 색으로 통한다. 극장의
무대 뒤에는 그린룸green room이 있다. 배우들이 무대에 오르

기 전 마음을 가다듬으며 대기하는 장소를 말한다. 뱅커스 램프는 내 공간에 작은 그린룸을 만든다.

전등 분야에서 뱅커스 램프와 빈티지한 매력을 다투는 것이 있다면 둥근 스테인드글라스 갓을 뽐내는 티파니 램프 Tiffany Lamp다. 티파니 램프는 20세기 초 미국에서 아르누보 디자인으로 이름을 날린 유리공예가 루이스 컴포트 티파니 Louis Comfort Tiffany의 작품이다. 색색의 유리 조각들이 만드는 꽃과 자연의 모티프들이 화려하기 짝이 없다. 이 램프는 처음부터 장식이 목적이었다. 뱅커스 램프와 티파니 램프는 같은 시대에 탄생했지만 지극히 상반된다. 한쪽은 금욕적이고 다른 쪽은 몹시 유미적이다. 한쪽은 근대의 기계적 대량생산으로 탄생했고, 다른 쪽은 거기에 반발해 탄생했다. 한쪽이 과거의 실용이 장식 요소로 바뀐 경우라면, 다른 쪽은 과거의 신예술운동에 고색창연이 낀 경우다.

백 년 전 맥패딘 공장에서 생산한 뱅커스 램프나 티파니 스튜디오가 제작한 티파니 램프는 이제 값비싼 골동품이 됐고, 우리에게 있는 것들은 현대의 복제품replica이다. 이 전등들은 자기 시대의 맥락을 떠나 현대의 공간들을 장식한다. 지금은 용도를 다하고 스타일을 잃었는데도 꾸준히 복제되는 것은 오히려 그런 튀는 맛 때문이다. 냇물에 박힌 돌이 흐름을 일깨우듯 우리가 흐르는 시간 속에 있음을 일깨우는 효과. 한 방향만 허락하는 시간에 순서부동順序不同의 반역을 꾀하는 기분. 사람들이 지금은 불편해진 옛 디자인을 소비하는 데는 이런 낭만적인 욕구가 있다. 다만 선택을 하라면, 나는 발광한 해파리 같은 조명기구보다는 진중한 뱅커스 램프가 더 좋다. 아직은.

목수연필
CARPENTER PENCIL

흑연과 다이아몬드의
이름 공유

목수연필은 보통 연필과 달리 납작하게 생겼다. 연필심도 원형이 아니라 직사각형이다. 길이도 보통 연필보다 길다. 작업대에서 굴러다니지 말라고 납작하다는 말도 있고, 귀에 꽂기 좋으라고 납작하다는 말도 있다. 목재나 석재에도 필기가 가능하도록 연필심의 경도는 진하고 부드러운 2B~8B가 주류다. 어떤 것에는 자처럼 눈금도 있다. 목수연필은 그야말로 실용의 냄새를 뿜어낸다.

　그런데 아이러니하게도 목수연필은 목공 도구보다는 소묘용 연필로 더 애용된다. 달튼 게티Dalton Ghetti라는 조각가는 아예 목수연필을 조각의 재료로 삼는다. 자세히 말하자면 바늘처럼 정교한 도구로 연필심 부분을 깎아서 갖가지 형상을 만든다. 끝내주는 미니어처 예술이다. 쌀알에 새긴 시처럼 놀랍다. 픽셀아트처럼 초극적 집념을 보여준다. 얼핏 첨단소재 키치처럼 보이는 일부 현대미술품에 비하면, 발상 자체가 예술이라는 난해한 개념예술에 비하면, 버려진 연필을 '재활용'해서 조각품을 빚는 게티의 조각이야말로 반전의 묘가 낭랑한 진짜 예술 같다. 그의 조각은 인간의 사심 없는 몰입과 숙련의 결정체다. 거기에는 메시아적 작가도, 쟁점의 이슈화도 없다. 노동과 공정의 흔적이 기계의 마감처리 뒤로 매끈히 사라져버린 제품들에 익숙한 우리 눈에, 손때와 흑연 가루가 묻은 투박한 연필 끝에 마술처럼 올라앉은 현실의 모형은 아찔한 현기증을 선사한다.

나는 목공을 하지도 미술을 하지도 않는다. 그저 늦바람에 연필을 사 모으다가 빨간색 체코산 코이누어Koh-I-Noor 목수연필을 보게 됐다. 처음 봤을 때의 인상을 지금도 잊을 수 없다. 보통의 연필에 비하면 기골이 장대했다. 진지한 특수목적의 냄새를 물씬 풍겼지만 묘하게 어설픈 장난기도 풍겼다. 그립감은 상상을 초월하게 나빴다. 한번 쥐어본 순간, 이건 쥐는 방법 자체가 다른 물건이라는 느낌이 왔다. 모두스 오페란디modus operandi(운용 방식)가 다른 물건이었다. 하지만 나는 목수연필을 한 자루도 사지 않았다. 사지 않은 이유는 연필치

고 비싸서도 아니고, 내 입장에서 딱히 쓸 데가 없어서도 아니었다. 그보다는 고질적인 귀차니즘이 발동했다. 깎는 방법이 부담스러웠던 거다. 연필의 크기와 모양이 다르니 일반 연필깎이는 사용할 수 없었다. 칼로 직접 각을 내며 깎거나 전용 연필깎이를 사야 했다. 연필은 소장용이라도 일단 깎아서 써봐야 한다. 그래야 어디 가서 얘기라도 할 수 있다. 더구나 나는 진성 수집가도 아니었다. 아롱다롱한 국산 연필들은 꼬꼬마 시절을 떠올려주기나 하지, 목수연필은 내 성분에도 팔자에도 없는 물건이었다.

깎는 얘기가 나온 김에 코이누어 얘기를 하고 싶다. 코이누어는 체코의 유서 깊은 문구 회사 이름인 동시에 영국 왕실이 소유한 109캐럿짜리 다이아몬드의 이름이기도 하다. 코이누어는 페르시아어로 '빛의 산'이라는 뜻이다. 13세기경 인도에서 원석이 발견되어 무굴제국의 보석이 되었다. 이후 여러 손을 거쳐 제국주의 영국의 수중에 들어가 빅토리아 여왕의 브로치가 되었다가 현재는 왕관 중 하나에 박혀 런던탑에 보관, 전시되고 있다. 원래는 186캐럿에 달했다고 하는데 여러 번의 연마 과정에서 109캐럿으로 깎였다. 연필이 쓸 때마다 깎여나가듯 보석도 여러 패권자의 손을 타며 깎여나갔다. 런던에 있을 때 나도 적지 않은 입장료를 내고 런던탑에 갔

CARPENTER PENCIL

다. 관람객의 최고 관심사는 단연 주얼하우스에 있는 크라운 주얼Crown Jewels*이었다. 사람들이 그 앞에만 들러붙어 있을까 봐 바닥에 무빙워크를 깔아놓은 탓에 관람객들이 발레 군무 하듯 몸은 딸려가면서 목만 늘어나던 기억이 난다. 다이아몬 드는 깎여서 영롱한 빛을 얻고 존재감을 발하지만, 연필은 자 꾸 깎여서 결국 존재가 소멸한다. 제국주의 약탈의 상징이 된 보석, 그리고 누군가의 삶과 생각의 흔적이 되어 사라지는 연 필. 그 둘이 아이러니하게 이름을 공유하고 있었다.

연필은 납과 숯으로 시작된 가장 원초적인 필기구인 동 시에 기술집약적 제조품이다. 가장 저렴한 필기구지만 생산 력을 갖추고 유지하는 데 막대한 비용이 들어간다. 주재료들 이 자연물이라 재료 수급도 간단치 않다. 연필의 단순한 원 리와 소박한 생김새 뒤에는 살벌한 '규모의 경제'가 있다. 즉 생산량이 막대해야 비용이 빠진다. 웬만한 국가의 내수시장 만으로는 사업을 감당하기 어렵다. 더구나 지금은 디지털 기 기 보급으로 필기구 수요까지 줄었다. 연필은 디지털 시대의 사양산업 중 하나로 꼽힌다. 결국 규모의 경제를 실현할 수

* 왕이 의식에 착용하는 왕관과 홀 등 왕권을 상징하는 보석들.

있는 강자끼리 전 세계 연필 시장을 재편했다. 이러한 판세 변화에 따라 보급형 연필 시장은 기계화 제조와 재료 확보에서 앞선 미국이 제패했다. 독일, 영국, 스위스 같은 연필 산업의 본고장은 고급형을 지향하고, 체코나 터키 같은 전통적 생산국들은 시장에 풀리는 물량이 줄면서 빈티지 이미지를 입었다.

연필은 이제 필요성이 아닌 감수성에 소구한다. 연필 소비자는 마니아층으로 불린다. 마니아에게는 가격보다 경험이 우선이다. 연필은 경도가 같아도 제조사마다 브랜드마다 필기감이 제각기라서 나만의 연필을 찾는 즐거움이 있다. 연필은 이제 완상, 동호, 수집의 대상이다. 도구에서 오브제가 됐다. 연필이 예술을 한다.

연필은 사양상품에서 물리적 소장이라는 부가가치를 파는 상품으로 변해간다. 마치 종이책처럼. 연필은 보편성을 잃고 지역 명물specialty이 됐고, 천연 소재와 자연 소멸이 미덕이 된 플라스틱 시대에 작은 호사품luxury으로 특화했다. 진짜로 특수목적을 띠게 됐다. 연필의 '부티크boutique' 시대다. 요즘은 출판사들이 역자 교정지도 PDF 파일로 보낸다. 그래서 이제는 가끔씩이라도 연필을 쓸 일이 없어졌다. 그런데도 때때로 연필을 들고 쓸데없이 끄적대는 이유는? 어쩐지 미술관을

기웃대는 기분과 비슷하다. 그리고 시간을 잡아두는 기분도
난다.

어쨌거나 목수연필과 내 인연은 '잘 봤습니다' 정도로 흘
러갔다. 인터넷 검색 중에 마주치면 여전히 시선을 잡지만 항
상 거기까지인 인연. 나는 무빙워크를 탄 것처럼 목을 빼고
지나간다. 지금 생각하면 다이아몬드의 이름을 단 목수연필
을 처음 봤을 때의 느낌은 삼엄하게 두꺼운 유리벽 너머로 빛
을 쏘던 다이아몬드 왕관을 봤을 때의 느낌과 데칼코마니처
럼 닮았다. 하나는 투박한데 어쩐지 범접하기 어렵고, 다른
하나는 범접을 불허하는데 왠지 남사스럽다.

PRIMITIVE ART

THE SCIENTIFIC ATTITUDE

COMMON WILD FLOWERS

GEOLOGY AND SCENERY

DOUBLE
VOLUME

The Best We Can Do

HIROSHIMA

THE PERSONALITY OF MAN

DEMOCRATIC IDEALS AND REALITY

The Archæology of Palestine

EUROPEAN ARCHITECTURE

WHAT IMAGE ATOMS?

페이퍼백
PAPERBACK

참을 수 없는
수집의 가벼움

책을 정리했다. 눈 딱 감고 정말 많이 버렸다. 특히 수십 년(!)
모인 페이퍼백 외서들은 거의 다 아파트 분리수거장으로 갔
다. 20대부터 가방에 늘 한 권씩 넣고 다니며 출퇴근길에, 카
페에서 누구 기다릴 때, 짬짬이 버릇처럼 읽던 작은 책들. 모
국어가 아닌 언어로 쓰인 텍스트와 '먹고사니즘'과 상관없는
내용은 뇌의 정보처리 프로세스가 평소 닿지 않던 구석들을
은밀하게 자극하는 쾌감을 주었다. 그 거친 냄새와 불안한 폰
트와 그걸 지켜보는 나. 몇 번만 문질러도 솜털처럼 일어나는
저급한 종이 질. 페이퍼백은 현란한 말초적 감각 경험까지 제
공했다. 거기다 장르 불문 조잡하게 튀는 표지는 내가 동의
하지 않은 위계로 굴러가는 세상을 좀스럽게 거역하는 기분

마저 선사했다. (책은 이렇게 오감으로 읽는 거다. 디지털북의 준동에도 종이책이여, 영원하라.) 하지만 어쩌랴, 페이퍼백은 자리차지하고 썩어가며 먼지를 모으는 데도 탁월했다. 죽을 때까지 끼고 살 수는 없었다.

페이퍼백은 대중적 수요가 있는 책을 값싼 종이로 다시 찍어낸 보급판 종이커버 책을 말한다. 다시 말해 같은 책이 고급스러운 하드커버와 저렴한 페이퍼백 두 가지로 존재하는 것이다. 그러다 하드커버는 단종되면 자연히 한정판이 된다. 페이퍼백은 이렇게 단행본 책이 곧 하드커버였던 서구 출판 전통에서 나온 용어다. 책을 양장본 아니면 반半양장본으로 내는 우리나라 출판시장에는 사실 없는 개념이다. 우리나라의 보급판이라면 손바닥 크기의 문고판(국반판) 정도? 요즘은 미국 페이퍼백도 품질과 크기에 따라 트레이드 페이퍼백 trade paperback과 매스마켓 페이퍼백mass market paperback으로 나뉜다. 현대에는 책 자체가 이미 대량생산품이지만, 그중에서도 페이퍼백이야말로 대량생산 책의 전형이다. 영국의 펭귄북스처럼 전통적인 페이퍼백 전문 출판사도 있고, 대형 출판사의 경우 페이퍼백 발행을 위한 자회사를 거느리고 있기도 하다.

나는 페이퍼백 책들을 한참 버리다가 문득 미련이 생겼다. 그래서 마지막 몇 권은 충동적으로 표지를 뜯어내고 버렸

PAPERBACK

다. 표지만 남겨서 뭐할 건데? 나중에 메모장 만들 때 표지로 쓰자. 아니면 북마크로 활용? 아니면 카드 대용으로? 껍데기의 용도 변경. 껍데기의 재해석. 사람의 수집욕이란 참 묘한 데서 황당한 핑계로 발동한다. 사람은 관심의 증거만 아니라 과거의 흔적도 모은다. 기억보다 흔적이 오래가니까. 사진도 찍어두지 않고 버린 많은 책을 대표해서 몇몇 페이퍼백은 정말 '페이퍼백'을 남겼다.

드립백 커피를 사러 가끔 F 카페에 간다. 거기는 커피와 빵뿐 아니라 레트로 감성이 물씬 나는 굿즈도 다양하게 판다. 어느 날 요상한 연두색 파일이 눈에 들어왔다. 카페에 비치된 아기자기한 리플릿을 모아두라는(!) 용도의 파일이었다. 파일에는 대놓고 '수집 활동'이라 쓰여 있었다. 리플릿은 무료지만 파일은 사야 한다. 리플릿들은 커피 종류별로 테이스팅 소감을 적는 기록장처럼 생겼다. 문구류만 보면 불이 들어오는 내 전두엽이 당장 반응했다. 전두엽에 신호를 보낸 게 색색의 리플릿이 먼저인지 촌스럽게 튀는 파일이 먼저인지는 모른다. 어쨌든 어느새 나는 파일을 사고 리플릿을 종류별로 집고 있었다. 애초에 사려던 커피는 의식 너머로 아득히 멀어졌다. 내 뇌는 쓸모를 가장한 판타지에 또 속았다. 상술인 걸 알면서 또 넘어갔다.

또 한번은 어느 동네서점에서 캠벨 수프 깡통을 미니 화분으로 쓰는 걸 보고, 그게 좋아 보여서 캠벨 수프를 두 개 산 적이 있다. 화분으로 쓰든 연필꽂이로 쓰든 일단은 빈 깡통으로 만들어야 했기에 수프를 먹었다. 짜면서도 밍밍한 게 더럽게 맛없었다. 남은 하나는 따서 내용물을 그냥 쏟아버렸다. 하지만 캠벨 수프 깡통도 커피 음용 기록부처럼 '취득'과 동시에 의미를 잃었다. 내게 아무런 경험도 묻어 있지 않은 것들. 이후에도 아무 경험도 담지 못하고 그저 비어 있는 것들. 깡통 한 쌍은 한동안 책장 한구석을 뻘쭘하게 차지하고 있다가 어느 날 소리 없이 버려졌다.

수프 깡통 따위가 인테리어 소품 반열에 올라간 건 앤디 워홀Andy Warhol의 그림 덕분이다. 워홀은 캠벨사의 통조림 수프를 실물과 똑같이 그려 실크스크린 기법으로 공장에서 찍어내듯 복제했다. (워홀은 조수들과 자원봉사자들(?)이 생산 라인 노동자들처럼 일하는 자신의 작업실을 실제로 '더 팩토리The Factory'라고 불렀다.) 통조림 수프의 대량생산 방식을 그것을 대상subject matter으로 삼은 예술의 창작 방식에도 비슷하게 적용한 것이다. 그는 당시 대중이 선정적으로 소비하던 마릴린 먼로의 정형화된 이미지도 같은 기법으로 찍어냈고, '마릴린 연작'

역시 그의 히트작이 됐다.

워홀은 수집에 있어서도 새로운 차원을 선보였다. 그는 자신의 집에 넘쳐나는 잡동사니들을 상자에 담아 봉하고 '타임캡슐Time Capsules'로 이름 붙였다. 1974년부터 그가 죽을 때까지 그렇게 채워진 상자가 610개에 달했다. 워홀의 '타임캡슐'은 그의 발상의 재료들인 동시에 일상의 흔적들이었다. 너무 방대해서 최근에야 목록 작성이 끝났다는 '타임캡슐'의 내용물은 예술과 키치, 기념물과 쓰레기를 망라한다. 각종 편지와 사진, 영수증과 청구서, 책자와 노트, 먹던 사탕과 케이크, 쓰던 안경과 가발, 포르노 드로잉과 콘크리트 덩어리, 사용한 우표와 사용한 콘돔, 신문 쪼가리와 발톱 쪼가리 등 정말 별별 게 다 들어 있다. 심지어 미라화한 사람의 발(!)과 따지 않은 캠벨 수프(!)도 있다.

혹자는 수집을 무엇에 가치를 두는지에 대한 고백이라 하고, 혹자는 원시 사냥 본능의 잔재라고 한다. 하지만 '타임캡슐' 속 물건들은 워홀이 한때 소유했거나 사용했다는 점 외에는 의미도 맥락도 없다. 다만 그가 상자에 넣고 봉한 행위가 '잘해봤자 유품'이 됐을 물건들을 '수집품'으로 만들었다. 이제 미술관과 출판사들이 '타임캡슐' 내용물의 복제품들을 만들어 판다. 경험의 복제고, 복제된 경험이다. 혹시 이게 워홀의 '큰 그림'이었을까? 워홀은, 본인이 유명인들에 열광했듯, 수단 방법을 가리지 않고 자신을 열광의 대상으로 만들었다. 그리고 대중에게 자신의 '쓰레기'를 유증했다.

내가 페이퍼백들의 표지만 남겨둔 것도 한때 읽은 것에 대한 일종의 목록화다. 하지만 거기에는 가치의 고백(의지)도 선험의 발현(운명)도 없었다. 그저 충동적 미련이 남긴 경험의 조각들이었다. 과시용이든 소장용이든 수집은 뒷사람에게 나를 설명하고픈 미련이다. 당장은 의미 없어도 훗날 영감이 되지 않을까 하는 미래의 내게 거는 미련이다. 미련 에너지는 과거와 미래 양방향으로 작용한다. 현재와 연을 다한 과거, 미래로 기약 없이 연기한 현재가 특히 미련의 대상이 된다. 그런 미련 때문에 사들이고, 또 버리지 못하는 물건들이 늘어간다.

카페는 드립커피 메뉴로 파일을 만들어서 손님이 커피 소비의 경험을 목록화할 수 있게 해주었다. 또는 경험한 척할 기회를 주었다. 그 과정에서 손님은 경험을 박제해서 좋고 카페는 짭짤한 부수입을 올려서 좋다. 런던의 유서 깊은 백화점 해러즈Harrods에서는 물건을 사지 않아도 쇼핑백을 기념품처럼 판다. 빈 쇼핑백이 싸지도 않은 가격에 불티나게 팔린다.

경험의 물화物化다. 다른 말로 대상화다. 사람들은 실제로 경험하지 않고도 통조림처럼 대량상품화한 경험들을 쇼핑할 수 있다. 수집은 어떤 식으로든 경험을 물화한다. 수집품은 편집과 선별이 가능하기 때문에 더 그렇다. 수집 대상이 자신의 경험이든 남의 경험이든 수집은 사람과 경험을 분리한다. 수집의 동기가 선망이든 겉멋이든 미련이든 수집은 때로 껍데기처럼 가볍다. 책에서 뜯어낸 표지처럼, 빈 깡통처럼. 내용 없는 껍질이다. 참을 수 없이 가벼운 대상화다.

Cette page est la première d'une nouvelle série : costumes anciens.

Vous pouvez commander votre poupée
MARISETTE et son frère FRIPOUNET
à l'adresse suivante
FRIPOUNET ET MARISETTE
31, rue de Fleurus, PARIS (6e).
Envoyez pour chaque personnage commandé
0,30 F en timbres non oblitérés et votre adresse
écrite avec soin, sinon votre poupée ne pourra
vous parvenir.
LECTEURS BELGES
adressez-vous à
GRAND CŒUR
17, rue de l'Hôpital, GILLY. Joindre
un timbre de 3 francs belges par
poupée commandée.

Nos arrière
grands-parents
s'habillaient
ainsi en

1884

robe de
fillette (ville)

PLIER

Costume de
jeune garçon
(ville)

FENTE

J. JANVIER
66

languettes carrées sont à coller — Les autres se glissent dans les fentes :

종이인형

PAPER DOLL

패션 아바타의 진화

어릴 때 가장 싸고 흔한 놀이가 종이인형이었다. 종이인형에 대한 기억은 단편적이지만 그 시작은 늘 문방구에서 종이인형을 고르던 순간이다. 호주머니 사정은 뻔했고 종이인형은 많았으므로 신중을 기해야 했다. 선택은 갈수록 힘들었다. 비슷하게 다른 것들. 실비아, 방울이, 미미, 챠밍공주, 소공녀, 산유화, 세라, 꽃님이…… 기회비용이라는 말은 몰랐지만 한 번의 선택에 많은 가능성이 날아간다는 것은 알고 있었다. 나를 향해 방긋대는 가능성들을 내려놓기란 힘들었다.

종이인형은 집에 오면 지체 없이 오리는 게 불문율이었다. 인형을 오려서 세상 밖으로 꺼내는 일. 옷이 복잡하면 가위를 요리조리 현란하게 틀어야 했다. 가위가 크면 정교하게 오리기 어렵고, 가위가 작으면 손이 아팠다. 내적 갈등과 외적 수고가 따랐지만 아이들은 이 놀이를 좋아했다. 문방구도 종이인형이 좋은 미끼상품이라고 생각했는지 유리창에 신상 종이인형을 붙여놓곤 했다. 꼬맹이가 구석에서 수십 분씩 종이인형을 고르고 있어도 뭐라 하지 않았다.

종이인형은 임기응변을 요하는 놀이였다. 인형에 딸린 옷들에 따라 적당한 캐릭터와 서사를 만드는 놀이. 초등학교 때 어린이캠프에 갔을 때 만화가 길창덕 선생이 남들이 도화지에 마구 찍어놓은 점들을 남김없이 연결해 그림을 완성하는 것을 본 적이 있었다. 신기에 가까운 묘기였다. 선생의 눈에는 점들이 연결을 기다리는 만화 캐릭터였다. 종이인형 놀이가 그것과 비슷했다.

왜냐하면 어린 눈에도 종이인형에 딸린 옷들은 맥락이 없었다. 중구난방이었다. 인형들이 다 그랬다. 인형별 특색이 없었다. 번잡한데 다양성은 떨어졌다. 인형마다 빠지지 않는 옷도 있었다. 실비아에게도 방울이에게도 있는 옷. 대표적인 것이 커튼처럼 열리고 리본이 덕지덕지 붙은 로코코 드레스였다. 이것 때문에 이야기에 무도회는 필수였다. 하지만 나머지 옷들을 연결해 주인공이 어떻게 무도회에 가는지 그리는 건 내 몫이었다. 인형에 딸린 중구난방 옷들을 골고루 입힐 수 있어야 고수였다.

인형놀이는 진화했다. 친구와 같이하면 1인극이 2인극이
됐다. 주연이 둘이고 연출도 둘이었다. 이야기에 경쟁이 붙었
다. 끝말잇기 게임처럼 주거니 받거니 설을 풀었다. 친구가
"어느 부자 나라에 맘씨 착한 공주가 살았어요. 공주에게 꽃
밭이 있었어요"라고 하면 내 공주에게는 부유함과 선량함은
물론이요 꽃밭보다 넓은 호수가 있어야 했다. 친구가 "공주는
매일 테니스를 쳐요"라고 하면 나는 "공주는 매일 수영해요"
로 받았다. 인형을 고르는 것은 예측 불허의 경기에서 선수를
고르는 것과 비슷했다. 상대의 전적을 고려해 이야기가 여러
모로 분기할 만한 선수를 우선 선발했다. 시공을 초월하고 전
후를 막론하는 이야기 전개. 그러다 막히면 다 때려치우고 함
께 무도회에 갔다.

서사만 아니라 도구도 진화했다. 이차원 세상을 삼차원
으로 세우려는 의지가 꿈틀댔다. 처음에는 인형에 옷만 걸쳐
서 콩콩콩 몰고 다니며 입으로 세트를 지었는데, 나중에는 벽
에 창문도 그려 붙이고 나무도 그려 붙였다. 두꺼운 도화지를
접어서 대충 침대도 만들고 탁자도 만들었다. 거기에 가방이
나 꽃다발 등 인형에 딸린 액세서리를 늘어놓았다. 인형마다
바디와 포즈가 달라 옷이 호환되지 않는 것이 종이인형의 결

정적 한계였다. 정말로 아쉬운 옷은 도화지에다 인형의 본을 떠서 색연필로 그렸다. 대충 그린 잠옷을 덮고 대충 만든 침대에 납작하게 누워 있던 인형. 화려한 인쇄물과 남루한 손그림이 강렬하게 충돌했다. 그것도 그로테스크했다.

종이인형은 종이가 생겼을 때부터 여러 형태로 존재했다. 하지만 갈아입힐 옷들이 딸린 대량생산 종이인형의 시초는 19세기 초 영국에서 나온 '리틀 패니Little Fanny'다. 리틀 패니는 머리를 떼서 옷에 옮겨 붙이는 방식이었고(헉!), 왈가닥 소녀가 일련의 에피소드를 거쳐 조신한 소녀로 바뀌는 내용의 동화책이 딸려 있었다(힐!). 이후 인쇄술과 출판물이 발전하면서 종이인형은 아예 책으로 들어갔다. 삽화를 대신했고, 팝업북의 일부가 됐다. 1920~1950년대 미국에서는 생활용품 브랜드들이 잡지 광고에 종이인형을 넣었다. 특히 만화잡지의 판매부수 증대를 위한 수단으로 종이인형 부록이 인기를 끌었다. 만화잡지의 종이인형들은 패션모델을 표방했다. 패션은 소녀들이 선망하는 분야였고, 무엇보다 모델에겐 옷을 끝없이 갈아입을 명분이 있었다. 잡지사들은 독자들에게 의상 아이디어를 받는 방법으로 관심과 참여를 유도했다. 의상 밑에 디자인을 보낸 독자의 이름을 넣었다. 불황과 결핍의 시대가 종이인형의 황금기였다.

종이인형은, 리틀 패니처럼 대놓고 '교육적'이지는 않아도, 꾸준히 여성의 외모와 성역할에 대한 고정관념을 강화했다. 그러다 여성의 사회 진출이 늘면서 종이인형도 점차 다양한 직업과 활동을 담았다. 하지만 종이인형은 결국 패션 일러스트의 다른 이름이었다. 그것이 '옷 갈아입는 인형'의 숙명이자 존재 이유였다. 그에 비하면 우리나라 종이인형은 패션 매체로 개발되지 못하고 어린이 놀이로만 소비된 감이 크다.

풍요의 시대가 왔다. 이차원 종이인형은 추억의 놀이가 됐고, 삼차원 패션돌fashion doll의 시대가 열렸다. 정말로 옷을 갈아입힐 수 있는 건 물론이고 취향대로 옷을 조합해서 스타일링이란 걸 할 수 있게 됐다. 인형 자체도 갈수록 다양하고 정교해졌다. 피부 톤과 화장과 헤어가 백인백색을 반영했다. 미술 도구였던 목각 인체모형을 본뜬 관절 바디까지 장착하자 자연스럽고 다양한 포즈가 가능해졌다. 인형은 최고의 피사체였다. 디지털사진과 SNS가 인형 산업을 견인했다. 당연히 인형용 의상, 소품, 가구, 스튜디오로 시장이 확대됐다. 대형 완구회사들이 주도하던 시장이 개인 인형 제작자들과 의상 디자이너들과 미니어처 아티스트들의 시장으로 다변화했다. 인형의 화장이나 헤어를 취향에 맞게 바꿔주는 '커스텀'

장인까지 시장에 합세했다. 현실세계를 6분의 1로 줄여놓은 인형계가 키덜트 문화의 주종으로 떴다.

　　이제 인형놀이를 같이할 친구는 없다. 대신 이미지를 올릴 SNS가 있다. 서사도 없다. 대신 스냅샷만 있다. 취미의 향유와 정보교환과 거래가 주로 온라인으로 이루어지므로 이 세계에는 국경이 없다. 국경은 없지만 은어가 넘치는 마니아들의 배타적인 세계다. 인형계는 소량 한정생산 아니면 맞춤 제작 체제라서 정보가 없으면 출시 시기를 알 수 없고 출시 시기를 놓치면 구하기 어렵다. 눈에 불을 켜고 있다가 웃돈이 붙어서 '마켓'에 뜨면 잽싸게 잡아야 한다. 인형계는 콜렉터들의 경합장이다.

　　종이인형 놀이의 장르가 저예산 판타지였다면 지금의 '인놀(인형놀이)'은 고급 극사실주의를 추구한다. 인형의 모든 것이 놀랍게 사실적이다. 의상과 소품은 인형이 없으면 인간계 물건으로 착각할 정도다. 인형이 오너의 경제력과 감각을 반영한다. 인형을 콩콩콩 데리고 다니는 손은 사라졌지만 나를 드러내려는 욕망은 훨씬 집요해지고 치밀해졌다. '돌스타그램' 사진들에는 인형을 대리자로 세워 현실의 결핍을 채우려는 의지가 보인다. 결핍의 인지는 슬프다. 이것이 때로는

❦

PAPER DOLL

현실보다 공상을 가지고 놀았던 예전의 종이인형이 그리워 지는 이유다. 그때의 인형놀이에는 맥락은 없었지만 진입 장 벽도 없었다. 그때는 '가진 만큼'의 연출보다 '있는 셈 치고'의 서사가 있었다. 그날의 공상들은 아무 디지털 흔적 없이, 남 김없이 사라졌다. 그때 내가 얼마나 그로테스크한 생각들을 했는지 기억이 나지 않는다.

갈색 봉지

BROWN PAPER BAG

소박한 걸작,
삶의 조각들을 담다

사람마다 선뜻 버리지 못하는 게 있다. 병뚜껑, 빵끈, 사탕싸개, 비누껍데기…… 버리려고 할 때 손목을 잡듯 의식을 잡는 것. 그래서 버리기 전에 한 번 더 보고, 잠깐 망설이고, 순간 맘먹어야 하는 것. 내가 희구했던 것을 내게 올 때까지 싸고 묶고 표시해주던 것에 대한 모종의 의리인가. 아니면 누구나 조금씩은 있다는 저장 강박인가.

나는 종이봉지를 얼른 못 버린다. 종이봉지를 만질 때 나는 특유의 감각적인 소리가 내 귀에는 "나를 버리지 말아요"로 들린다. 멈칫대는 순간이 찰나에 그칠 때도 있지만, 가끔은 꽤 길어져서 내가 미처 맘먹기 전에 친구의 손이 먼저 봉지를 구겨서 내버릴 때도 있다. 그럼 나는 그 손을 잠시 멍하

니 본다. 그 단호함에 흠칫 놀란다. 나는 왜 종이봉지에 연연
하는가.

갈색 봉지는 역설적이다.

여기서 봉지bag와 봉투envelope를 구별할 필요가 있다. 봉
지는 평평한 바닥이 있다. 봉지도 여러 종류가 있지만 전형典
型은 갈색 종이봉지다. 종이봉지는 일회용인데도 빈티지 같은
매력이 있다. 비닐봉지plastic bag처럼 흔하게 막 쓰이지만 비닐
봉지보다 어쩐지 뼈대 있고, 양심 있고, 체통 있어 보인다. 비
닐봉지처럼 대량생산 제품이지만 만듦새가 거칠고 투박해서
수제품의 카리스마가 있다. 젖고 찢어질 위험 때문에 불안하
지만 그래서 더 실존적이다. 인간 조건human condition을 말하는
것 같다.

종이봉지는 조금 불편한 그대로가 좋다. 종이봉지에 손
잡이가 달리면 주객이 너무 분명해진다. 사물에 손잡이가 붙
는 순간 사물은 철저히 객체로 떨어진다. 편리주의는 때로
각박하다. 가끔가다 종이봉지에 비닐을 붙여 투명 창을 만들
어놓은 것도 있다. 왠지 야릇하다. 이도 옳고 저도 옳다는 이
율배반을 어설프게 형상화한 것 같아서 볼 때마다 괴이하다.
편리주의는 때로 생경하다. 갈색 봉지는 편리성을 어느 선에

서 포기한 대신 단순함이 주는 본래성authenticity을 유지했다. 그래서인가 비닐봉지와 달리 장식에 내성을 발휘한다. 왕관 스탬프, 만화 스티커, 체크 리본, 도일리 페이퍼, 낙서…… 다분히 포스트모던한 치장에도 쉽게 무너지거나 우스워지지 않는다.

갈색 봉지는 여지를 준다.

그래서 거기 뭐가 담겨 있어도 그럴싸하다. 점심, 커피 원두, 술병, 딸기잼, 꽃, 칼, 마카롱, 꽈배기, 돈다발…… 갈색 봉지는 내용물의 격格을 비닐봉지처럼 떨어뜨리지도, 상자처럼 올리지도 않는다. 다만 초라한 것은 너무 초라하지 않게, 화려한 것은 적당히 수수하게 만든다. 갈색 봉지는 상품에 상스럽지 않은 품을 부여한다. 갈색 봉지는 내용물에 서사를 더한다. 사물을 감상적으로 만드는 장치가 된다. 녹슨 연유 통조림, 장난감 반지, 부서진 크레용, 오래된 잡지, 멈춘 탁상시계, 먼지 앉은 꼬마전구…… 갈색 봉지는 아무렇지 않은 것들에게, 또는 잉여의 운명이 된 것들에게 '인스타그래머블'한 감성을 준다.

한편, 입구를 구겨서 닫아놓은 종이봉지는 묘한 긴장감을 낸다. 가볍지만 묵직한 미스터리를 자아낸다. 그래서 조심스레 풀어보게 한다. 갈색 봉지에 든 물건은 선물과 장물의 분위기를 동시에 풍긴다. 음모와 폭로를 동시에 상상하게 한다. 종이봉지는 피천득과 안톤 슈낙의 수필을 떠올리게 한다. 그 안에 낙엽 태우는 냄새도, 바이올린의 G현도 들어 있을 것 같다.

종이봉지 센티멘털리즘이란 게 있다, 세상에는.

당연한 말이지만 갈색 봉지도 공산품이다. 무작위나 우연에서 나오지 않았다. 지퍼나 페이퍼클립처럼 수많은 무명의 시도가 쌓여 점차 완성된 것도 아니다. 의외지만 발명자가 딱 있다. 설계 시점과 설계자를 특정할 수 있는 명실상부한 디자인 제품이다. 전용 생산설비의 발명과 함께 탄생한 산업 시대의 산물이다.

1871년 미국인 마거릿 나이트Margaret Night가 바닥이 평평한 종이봉지를 만드는 기계를 만들기 전까지 사람들에게는 납작한 봉투밖에 없었다. 바닥이 없는 봉투는 물건을 담기가 영 불편했다. 봉투가 쓸데없이 커야 했고, 세워둘 수도 없었다. 마거릿은 어려서부터 도구나 장치를 고치고 만드는 일에 재능을 보였다. 하지만 아버지를 일찍 여의고 홀어머니 밑에서 형제들과 어렵게 사느라 학교 교육은 거의 받지 못했다. 마거릿의 가족은 산업혁명기 미국의 많은 사람들이 그랬

듯 온 식구가 공장에서 일했다. 마거릿은 방직공장에서 직조기가 오작동할 때 부품이 튀어 올라 노동자가 부상을 입는 것을 보았다. 그래서 그런 사고를 막는 금속 커버를 고안했다. 공장은 마거릿의 안전장치를 방직기 전체에 달았다. 보상은 따로 없었다. 마거릿이 열두 살 때였다. 그녀는 10대와 20대를 직공과 수리공으로 살다가 서른 즈음에 콜롬비아 페이퍼백 컴퍼니에 하급직원으로 들어갔다. 당시 소비시장이 커지며 종이봉지의 수요가 엄청났다. 하지만 업계에는 '바닥이 펴지는 봉지'를 대량생산할 기계가 없었다. 마거릿은 자동으로 종이를 자르고 접고 붙여서 바닥 있는 봉지를 만드는 기계를 고안하기로 마음먹었고, 반년 만에 제대로 작동하는 목제 시제품을 만들었다. 그리고 1868년, 그녀는 보스턴의 한 공작소에 정식 기계 제작을 맡겼다.

그녀가 새 기계를 발명한 지 3년이 흘렀다. 마거릿은 이제 정식으로 특허를 출원해 그간의 노력을 금전적으로 보상받고자 했다. 그런데 이게 무슨 날벼락인가. 찰스 F. 애넌 Charles F. Annan이라는 사람이 똑같은 기계로 이미 특허를 받았다는 거였다. 3년 전 공작소에서 마거릿의 기계를 본 애넌이 그녀의 아이디어를 베껴서 잽싸게 먼저 특허를 낸 것이었다. 마거릿은 없는 돈에 변리사를 고용해 애넌을 고소했다. 마거릿에게는 발명 과정의 자초지종을 말해주는 산더미 같은 물적 증거와 목격자들의 증언이 있었다. 반면 발명가의 양심을 말아먹은 애년은 '무학의 여공에게 이렇게 복잡한 기계를 만들 소양이 있을 리 없다'며 억지를 부렸다. 당연한 얘기지만 특허청은 마거릿 나이트의 손을 들어주었다. 하지만 그러면서 질책을 잊지 않았다. 발명을 했으면 빨리빨리 특허 출원을 할 것이지 왜 그렇게 시간을 끌었어요? '비즈니스맨'이 아니라서 몰라서 그런 것 같으니 특별히 넘어가겠어요.

　　종이봉지는—자동차 와이퍼와 컴퓨터 알고리즘, 회전톱과 무선통신, 로켓연료와 그 밖의 많은 것들처럼—여성의 발명품이었다. 남성 주도의 발명 분야에서 편견과 싸운 성과였다. 종이봉지는 한때 상업과 일상의 패러다임을 바꿨다. 백년 후쯤 등장한 비닐봉지와 경쟁했고, 그 경쟁에서 밀리면서 범용의 가치는 다소 잃었지만 대신 레트로의 가치를 얻었다.

　　그 와중에도 종이봉지가 나름 독점적 용도를 지켜온 영역이 점심 가방 역할이었다. 1970년대에는 미국에서 '집밥 점심 정책at-home lunch policy'에 반대하는 엄마들의 무기가 되기도 했다. 점심시간에 아이들을 집으로 보내 엄마가 차려주는 따뜻한 밥을 먹고 오게 하는 학교의 방침에 반기를 든 뉴저지주의 엄마들이 아이들 손에 '브라운백 런치brown-bag lunch'를 들려서 학교에 보냈다. 이때의 갈색 봉지는 여성을 부엌에 묶어두려는 사회에 대한 경고였다. 지금은 급식 제도로 아이들이 학교에서도 따뜻한 밥을 먹는다. 하지만 직장인들은 여전히 브라운백 런치를 먹는다. 'brown-bag'은 아예 '점심을 싸 오다'라는 동사가 됐다.

종이봉지는 감성이 아닌 실용, 스타일링이 아닌 문제 해결을 위해서 탄생했다. 하지만 세월이 흐르면서 감성과 스타일을 입었다. 그리고 그 이면에는 사람들이 잘 모르는 페미니즘의 역사도 묻어 있다. 요즘 플라스틱 소비에 대한 경각심으로 종이봉지로 회귀하는 움직임이 있다. 하지만 종이봉지가 비닐봉지보다 궁극적으로 더 친환경적이라는 근거는 마땅히 없다. 결국 관건은 재활용인가. 아무튼 여러모로 종이봉지는 일회의 용도를 다했다 해서 선뜻 버리기가 좀 아쉽다.

일상의

궤도

밖에서

에스프레소
ESPRESSO

지구 서식자의 행복

1996년 7월, 나는 브장송Besançon을 떠나며 진한 에스프레소 한 잔을 들이켰다. 프랑스에서는 그냥 "커피 주세요" 하면 우리가 아는 에스프레소가 나온다. 커피가 곧 에스프레소다. 브장송은 분지라서 4월까지 눈이 오고 6월부터 본격적으로 찌기 시작했다. 그래도 7월 말이 다가오자 언뜻언뜻 시원한 바람이 불었다. 두Doubs강의 가을을 보지 못하고 떠나는 것이 가장 아쉬웠다. 날마다 건너다니던 바탕 다리Pont Battant도, 회색 벽돌 건물에 분홍색 간판이 예뻤던 캉포노보Camponovo 서점도, 버스가 덜컥덜컥 달리던 자갈박이 도로도, 항상 구름이 나를 따라 함께 걷던 둑길도 안녕이었다. 나는 엄지와 검지로 잔을 들었다. (새끼손가락은 치켜들지 않았다.) 온몸의 세

포를 일으켜 세우는 커피 향. 피학적 쓴맛 속에 숨은 달달함. 나는 세상의 초점이 조여드는 어지럼증을 느끼며 작별의 의식을 치렀다. 우리나라에서 밥을 깨작거리는 것만큼이나 프랑스에서는 커피 한 잔을 오래 홀짝거리는 것을 싫어한다. 그래서 모처럼 제대로 잔을 꺾었다. 때로는 이별의 서운함도 그렇게 꺾는 게 좋다.

모든 것에는 기준이 있다. 에스프레소와 에스프레소 음료(특히 카푸치노!)를 수없이 마셨지만, 내게 에스프레소의 기준은 20대의 어느 여름 브장송 기차역에서 3.8프랑 내고 받아서 햇빛에 하얗게 빛나는 플랫폼을 바라보며 선 채로 마셨던 바로 그 에스프레소다. 작고 하얀 드미타스demitasse 잔. 기름종이에 싸서 받침 접시에 올려준 각설탕 하나. 잔 크기에 비해 촌스럽게 큰 티스푼. 잔을 넘겨받을 때 관능적인 점성을 뿜내며 위험하게 출렁이던 까만 액체. 결국 잔 너머로 흘러넘친 황갈색 크레마. 아 맞다, 화장기 없는 얼굴에 금색 브리지를 세게 넣은 머리를 대충 묶고 얼굴만큼 커다란 링 귀걸이를 흔들며 커피를 뽑던 바리스타도 잊을 수 없다.

이때만 해도 내가 훗날 번역가가 되어 처음 번역하는 책이 커피의 역사에 관한 책이 될 줄은 꿈에도 몰랐다. 반대로 지금은 이때가 꿈처럼 아득해졌지만.

ESPRESSO

에스프레소는 원두를 곱게 갈아서 다져 넣고 뜨거운 물을 고압으로 통과시켜 빠르게 추출하는 커피다. 열대 원시림의 축축하고 그늘진 바닥에서 자라던 작은 나무가 세상을 바꾸게 된 데에는 커피 전용 추출 기계의 발명이 크게 기여했다. 커피콩은 16세기 말 베네치아항을 통해 유럽 대륙에 처음 상륙했지만, 최초의 커피머신은 1855년 파리 만국박람회에 처음 등장했다. 그 후 이탈리아 장인들의 손을 거치며 개량과 단순화를 거듭했다.

초창기 커피머신의 동력은 물을 끓여서 얻는 증기의 압력이었다. 세기말의 커피하우스에서 커피를 뽑던 동력은 당시 육지에서 기차를 움직이고 바다에서 기선을 움직이던 동력과 다르지 않았다. 1930년대에 과학자 프란체스코 일리 Francesco Illy가 증기 대신 압축 공기로 커피를 뽑는 기계를 발명했고, 1940년대에는 밀라노의 바리스타 아킬레 가지아 Achille Gaggia가 지금의 레버 방식을 개발해 압력과 추출 속도를 높였다. 무엇보다 압력이 획기적으로 높아지면서 황금색 커피 거품, 크레마가 탄생했다. 에스프레소 머신은 계속 발전해서 노동량은 줄이면서 빠른 속도와 안정된 온도로 여러 잔을 연속으로 뽑을 수 있게 됐다. 지금은 다양한 반자동 또는 전자동 머신들이 다양한 에스프레소 메뉴를 만든다.

프랑스에서 식구가 많은 집에 가면, 냉동식품을 사다 쟁여놓는 (우리나라 김치냉장고와 비슷한) 냉동고와 커피 추출구가 두 개씩 달린 에스프레소 머신이 있었다. 처음에는 커피를 얼마나 마시기에 집에다 저런 기계를 두고 살까 싶었다. 아니나 다를까 프랑스 사람들은 손님이 오면 기다렸다는 듯이 고블레gobelet에다 커피를 찐하게 뽑아주고는, 손님이 단번에 비우고 요란하게 입을 다실 때까지 눈을 반짝이며 쳐다본다. 참고로 고블레는 손잡이가 없는 작은 사기 컵인데 카페에서 드미타스로 마시는 것과는 또 다른 맛이 있다. 좀 더 '집' 냄새가 난다고 할까. 가정집의 에스프레소 머신은 커피 뽑는 데만 쓰이지 않는다. 사람들은 에스프레소 머신의 스팀파이프로 젖병도 소독하고 포도주잔도 닦았다.

우리나라에서는 인스턴트 분말 커피가 정말 오랫동안 득세했다. 같은 모양의 커피통, 프림통, 설탕통이 집집마다 한 세트씩 있었다. 그 대척점에는 유리 포트에 한가득 내려놓고 온종일 따라 먹는 이른바 '미국식' 커피가 있었다. 그러다가 새천년에 접어들 무렵 대세가 바뀌었다. 해외 커피전문점이 잇따라 국내에 문을 열고 사람들이 스페셜티 커피에 눈뜨면서 드디어 우리나라에서도 에스프레소가 커피의 대명사가 됐다. 처음에는 에스프레소가 너무 진하고 써서, 또는 쪼그만 잔에 주는 것이 기분 나쁘고 없어 보여서 싫어하는 사람도 많았다. 하지만 지금은 딱히 에스프레소를 먹지 않는 사람도 에스프레소로 만든 음료를 무진장 소비한다. 카푸치노, 카페라떼, 카페모카 모두 에스프레소로 만든다. 스팀밀크로 강렬함을 죽이고 초콜릿으로 쓴맛을 눌렀을 뿐 본질은 에스프레소다.

espresso는 이탈리아어로 '특급'이라는 뜻이다. 십여 초 만에 커피가 완성되는 추출 속도를 반영한 이름이다. 하지만 espresso에는 '특별히'라는 뜻도 있다. 에스프레소는 주문 순서대로 오직 한 사람만을 위해 한 잔씩 뽑는다. 에스프레소는 커피 원두 50알을 가장 극적으로, 가장 알차게 소비하는 방법이다. 에스프레소는 다크초콜릿이나 블루치즈 혹은 청국장처럼 처음에는 충격적이지만 서서히 중독되는 기호嗜好다. 길들여진 기호가 다 그렇듯 한번 길들여지면 없이 살면 살았지 다른 것으로 대체하기는 힘들다.

에스프레소는 지구 서식자의 행복이다. 삶에 애착을 일으킨다. 무위無爲에 짜릿함을 주고 집중의 고통을 덜어준다. 에스프레소는 각성의 영약이다. 심상의 볼륨을 키우고 영감의 해상도를 높인다. 에스프레소는 앞에 놓이는 순간 어지러이 펼쳐진 공간 속에 블랙홀처럼 밀도 높은 한 점을 만든다.

부유하는 정신을 잡아주고 편향하는 의식에게 기댈 데를 준다. 그리고 주위에 향기로운 전기 울타리를 두른다. 날파리처럼 들러붙는 잡생각을 쫓아주고, 사람이든 책이든 마주한 것에 주목하게 해준다. 공간을 장소로 만든다. 그래서 에스프레소는 한 잔, 두 잔보다 한 곳, 두 곳으로 센다. 커피가 식으면서 향도 죽어버리고 나를 감쌌던 방어벽도 걷힌다. 잔 바닥의 갈색 찌꺼기가 흘러간 시간의 증거처럼 말라붙으면, 다시 세상을 마주하러 떠날 시간이다.

꿀뜨개
HONEY DIPPER

인류의 정주생활을
추억하며

연말에 출판사가 꿀을 한 병 보냈다. 출판사에서 역자교정지와 책이나 받아봤지 선물은 거의 처음이었다. 거기다 출판 굿즈도 아니고 꿀이라니. 꿀 선물 자체가 처음이었다. 우아하게 개봉해서 냄새 한번 맡아보고 젓가락으로 찍어서 맛도 한번 본 다음, 커피포트 위의 어수선한 선반을 치우고 일단 고이 모셔둔다. 선물 개봉은 엄연한 의식이다. 그것도 이제는 우리에게 몇 가지 남지 않은, 뜸 들이기가 허용되는 의식이다. 허용되는 정도가 아니다. 소비 과시, 소비 놀이가 트렌드가 되면서 개봉unboxing은 오히려 전보다 더 중요한 의식이 됐다. 운동처럼 과시에도 몸풀기flex가 필요하다. 언박싱은 플렉스다.

다음 날 식빵을 구워서 입맛을 다시며 꿀을 꺼낸다. 꿀이

들어온 김에 오늘은 치즈크림 대신 꿀을 발라 먹으리. 의식은 아직 끝나지 않았다. 그런데 꿀을 뜰 게 마땅치 않다. 눈앞의 버터나이프를 쓰자니 꿀이 떠지지 않고 질질 흐른다. 빵을 바싹 들이대고 꿀을 납죽 받아야 한다. 폼이 안 나는 건 둘째 치고 병 입구가 꿀과 빵가루로 지저분해진다. 숟가락을 쓰면 좀 낫지만 꿀이 뭉텅뭉텅 떨어진다. 꿀에 범벅이 된 빵은 별로다. 그렇다고 작은 티스푼으로 꿀을 쫄쫄 흘리자니 감질난다. 다 집어치우고 싶어진다. 식빵에 뭔가를 바를 때 가운데는 상대적으로 담백하게 유지하고, 가장자리를 집중 공략하는 게 내 취향인데, 꿀은 취향 반영이 어렵다. 기껏 구워놓은 빵만 다 식었다. 의식을 받쳐줄 마땅한 제기祭器가 없으면 때로 이렇게 김이 샌다.

꿀을 뜨는 좋은 방법이 없을까?

있다. 꿀뜨개는 꿀을 뜨는 데 특화된 도구다. 오직 꿀을 뜨기 위해 탄생했고 존재한다. 사실 꿀을 뜬다기보다 꿀을 '감는' 도구다. 꿀을 많이 잡기 위해 꿀이 닿는 면적을 늘렸고, 꿀을 감는 부분에는 나사처럼 홈이 패여 있다. 그래서 생긴 게 작은 벌통 같기도 하고 꿀벌 궁둥이 같기도 하다. 홈이 가늘면 꿀도 가늘게 떨어진다. 꿀의 점성과 표면장력을 이용한 고안이다. 꿀뜨개를 꿀이 담긴 병에 푹 담갔다가 돌리면서 뺀

다. 옮길 때도 계속 돌리면 꿀이 떨어지지 않는다. 꿀을 떨어뜨리고 싶은 곳에서 돌리기를 멈추면 된다. 꿀이 천천히 가늘게 떨어지기 때문에 빵 가장자리를 따라 정교하게 따를 수도 있다. 약간의 숙련을 요하지만, 연장은 모름지기 숙련을 요하는 법. 꿀뜨개는 연장을 다루는 기분을 준다.

아이스크림을 뜨는 아이스크림 스쿠프처럼, 파이를 덜어내는 파이 서버처럼, 꿀뜨개에는 하나의 용도만 있고 오직 그 용도에 충성한다. 거기에 최적화돼 있어서 다른 데는 쓰기 어색하다.

먼저 꿀뜨개를 보라. 저걸로 달리 무엇을 하겠는가. 휘젓개로도 못 쓴다. 이번엔 아이스크림 스쿠프로 으깬 감자를 떠보자. 못 뜰 건 없다. 하지만 포클레인으로 강물을 푸는 것처럼 민망하다. 힘을 줄 것을 명령하는 스쿠프의 금속성 둔탁함은 으깬 감자를 만나면 맛까지 뭉개는 느낌을 주지만, 아이스크림과 만나면 조만간 혀에 닿을 달콤함을 예리하게 강조한다. 또한 파이 서버로 케이크 조각도 덜어낼 수 있다. 누가 뭐라 하지 않는다. 하지만 파이 서버는 케이크 서버와 달리 파이 팬에 들어가기 좋게 뒤쪽이 꺾여 있다. 딱 파이 팬의 깊이만큼. 마치 파이 팬을 부채꼴로 잘라낸 것처럼. 이렇게 이들은 고집스럽게 정체성을 드러낸다. 전용專用을 목표한다. 요즘 같은 '멀티 시대'에 '한 우물'의 줏대를 자랑한다.

다용도는 이상하게 번거롭다. 다용도는 어렵다. 편하라고 기능을 모아놓았지만 거기 능숙하려면 내 행동을, 내 루틴을 거기 맞춰야 한다는 압박이 생긴다. 그러지 못하면 무능해지는 느낌이다. 우리가 따로따로 했던 일들이 줄어든다. 대신 다기능을 내세운 새로운 조합들이 생겨난다. 소파베드처럼 형태를 합한 것도 있고, 스마트노트처럼 경험을 합한 것도 있고, 포스트잇형광펜처럼 작업을 합한 것도 있다.

하지만 소파베드는 소파로도 침대로도 불편하다. 소파도 침대도 아니다. 그 중간쯤에 있는 제3의 용도라면 모를까. 소파베드를 들이면 내 생활에 없던 그 제3의 용도가 생겨버릴 것만 같다. 바로 앉아서 TV를 보지도, 제대로 누워서 자지도 못하는 인간이 될 것 같다. 무척 가능성 있는 얘기다.

노트패드는 아날로그식 필기법과 디지털 기기의 확장성을 묶었다. 하지만 아이디어를 손가락 근육으로 잡아서 펜촉 소리로 뇌리에 새기고 잉크 냄새로 길을 트던 감각적 공정은 소멸했다. 대신 생각 조각들이 저장 버튼을 누름과 동시에 비트로 화하며 한순간 붕 떴다가 먼지처럼 내려앉는 느낌을 준다. 그 먼지들은 마법 가루처럼, 바이러스처럼, 모바일기기로 컴퓨터로 옮겨 다닌다. 경험의 조합은 물리적 연결이 아니라

화학적 반응이라서 때로 이렇게 부작용 같은 새로운 경험을 낳는다.

한편 포스트잇형광펜은 두 가지 도구를 단순 결합했다. 사람들이 두 가지를 항상 같이 쓸 거라는 추정하에. 앞으로 같이 쓰라는 명령처럼. 하지만 여지없이 포스트잇이 먼저 바닥나고, 그러면 포스트잇을 내장하느라 그립감을 희생한 형광펜만 남는다. 작업을 유기적으로 연결하겠다고 꼭 도구까지 합체할 필요는 없다.

다용도를 내세운 물건의 합체는 불가피하게 물건의 변형을 부른다. 그 변형은 장식적 변주에 그치지 않고 원형archetype을 깬다. 더는 그 물건이라 할 수 없을 만큼 심하게. 그건 물건이 애초에 생긴 목적을 무시하는 처사고, 그건 결국 기존 질서에 대한 거부다. 물건의 변형만큼 시대의 변화, 가치관의 변화를 보여주는 것도 없다. 사람들의 연상과 경험과 요령이 쌓여 만들어진 원형들은 어쨌거나 우리 세계의 작동 방식을 보여주던 것들이었다.

디지털혁명 이전의 물건들은 정해진 언어로 우리와 소통했다. 그 언어는 다감각적으로, 공감각적으로 작용했다. 거기에는 모양, 색, 향, 소리, 폰트 등 많은 것이 관여했다. 이것들로 물건의 용도와 사용법뿐 아니라 물건이 속한 나이, 계층,

취향, 심지어 젠더까지 전달했다. 포도주병 같은 경우에는 산지도 담았다. 어깨가 솟은 병은 보르도 병이고, 어깨가 처진 병은 부르고뉴 병이다. 물건의 생김 자체가 사용설명서이며 마케팅 전략이었다. 우리는 태어나 모국어를 배우듯 우리 세계의 사물의 언어를 익혔다.

하지만 이제 많은 것이 변했다. 인터넷으로 산업과 서비스가 융합하고 모바일기기가 일상화했다. 덕분에 인류는 자연 경관을 떠돌던 유목민에서 디지털 경관을 이동하는 유목민으로 진화했다. 진화의 동력은 '만능'에 대한 꿈이었다. 만능을 위해서 개인은 온/오프라인의 두 세계를 넘나들며 자아와 일상을 잘게 쪼갠다. 그러다 보니 공동의 신호가 힘을 잃고 사물의 언어도 해체된다. 약병 같은 화장품 병을 볼 때나 대중목욕탕 같은 떡볶이집을 볼 때 흠칫하는 것은 내가 아직 유목민이 덜 됐다는 뜻이다. 나는 이 멀티 세상에서 자주 길을 잃는다. 인류의 정주생활이 끝났으므로 한 우물을 팔 필요가 없어졌다. 하지만 때로는 꿀뜨개 같은 것들을 일상에 추가한다. 시간에 휩쓸리면서 가끔씩 붙잡고 쉬어가는 말뚝을 박듯이.

트래블러 태그
TRAVELLER TAG

도시 산책자의
자의식

I.

트래블러 태그―여행자 딱지―를 다는 기분은 묘하다. 내 주
소를 여장으로 옮기고, 거기에 명패를 달고, 정주민에서 유목
민이 되는 기분. 트래블러 태그는 여행자의 신분을 부여한다.
비자가 찍힌 여권이나 여정이 명시된 항공권과는 또 다른 신
분증이다. 나를 행정 절차나 상업 거래의 객체가 아닌 여행의
감성적 주체로 만든다. 트래블러 태그가 부여하는 여행자 신
분에는 유효기간도 경제가치도 없다. 트래블러 태그는 나를
제도권에서 증명하지 못한다. 법적 보호 장치도 되지 않는다.
하지만 능동적 자기보고self-report다. 내게 여행자 딱지를 붙이
는 행위는 일상의 관성을 깬다. 관료주의와 자본주의 질서 속

에 무력해진 개인의 경험과 상상에 숨을 넣는다. 내 나름의 현실 재구성과 공간 재해석에 들어가는 입장권이 된다. 우리는 그 입장권을 들고 미정未定의 세계로 들어간다. 거리의 가로수가 끝나는 곳으로. 야릇한 포즈의 조형물이 가리키는 곳으로.

II.

여행자 신분은 초현실의 경험을 제공한다. 우리를 생활의 습성과 일상의 편향에 찌들지 않은 상태로 돌려놓는다. 호텔 투숙객이 되면 그 효과를 실감한다. 호텔 밖을 오가는 버스 중에는 우리 집에 가는 버스도 있건만 나는 그곳에 서서 여행자가 된다. 내가 사는 도시에서 이방인이 된다. 매일 보던 거리 풍경과 사람들 모습이 낯설어 보인다.

어느 소설가가 그랬다. 멀쩡한 집 놔두고 호텔에 글 쓰러 가는 이유. 거기서 집중이 잘되는 이유. 거기에는 생활이 없어서다. 대신 생활을 흉내 낸 판타지가 있다. 공간의 비례를 비트는 거대한 그림이 있고, 신소재 샹들리에가 벽에 중세의 촛대 그림자를 던지고, 팔과 다리 대신 입술만 있는 의자가 있고, 화장실에는 매번 화장지 끝을 세모나게 접어놓는 요정이 살고, 방에는 네 발 달린 배처럼 생긴 욕조가 있다. 로비의 사람들은 약간 수족관의 물고기처럼 움직인다.

소설가 F. 스콧 피츠제럴드 부부는 집 없이 유럽과 미국의 호텔들을 전전하면서 산 것으로 유명하다. 피츠제럴드의 아내 젤다는 호텔을 "세상사에 포위된 난공불락의 요새"로 불렀다. 여행자 신분이 되면 생활에서 분리되어 관찰자의 자의식을 얻는다.

III.

'낯설게 보기'는 군이 호텔에 가지 않아도 가능하다. 도시에는 당연시와 등한시가 만든 '논외의 영역들off-limits'로 가득하다. 일상의 궤도 밖에서 도시를 탐색하는 전통은 꽤 오래됐다. 하지만 조직적 도시 탐험대가 출현한 것은 다다이즘 열풍이 불던 20세기 초의 파리에서였다.

1921년 4월 14일, 비가 추적추적 내리는 오후였다. 앙드레 브르통, 트리스탕 차라, 프랑시스 피카비아, 폴 엘뤼아르, 루이 아라공 등 다다이스트 예술가 열한 명이 생 쥘리앵 르 포브르 성당Saint-Julien-le-Pauvre의 마당에 모였다. 평소 인기도 인적도 없는 우중충한 곳이었다. 이들이 현장에서 공표한 모임의 취지는 이러했다. "의뭉스런 안내서와 안내원의 불찰을 바로잡고 (…) 딱히 존재할 이유가 없는 장소들에 집중하는 것." 그들은 관광 가이드를 광고지 삼아 기성품처럼 팔리는 역사적 의의와 감상적 가치를 배격했다. 도시행정과 도시설계라는 권력이 내린 해석을 거부했다. 저항적 허무주의였다. 그들은 공간과 사물을 새로운 맥락에서 '다시 보기' 하는 것, 다른 게 예술이 아니라 그게 바로 예술이라고 했다. 예술을 개인이 '주관'하자는 취지는 멋졌으나 이날의 회동에는 허무한 반전이 있었다. 산책은 우울한 날씨만큼이나 심드렁하게 끝났고, 줄줄이 계획됐던 후속 모임도 흐지부지됐다. 곧이어 다다이즘도 초현실주의 물결에 합병됐다. 뭐, 그것도 예술이다.

IV.

더 거슬러 올라가자. 19세기 중반, 파리의 시인 보들레르 Charles-Pierre Baudelaire는 자신을 '플라뇌르flâneur'로 정의했다. 그는 《파리의 우울Le Spleen de Paris》에서 플라뇌르란 "집 밖으로 나와 도처에서 집을 찾고, 세상 한복판에 있으면서 세상으로부터 숨어 있는 (…) 열정적 관찰자"라고 했다. 보들레르가 걷던 제2제정 시대의 파리는 역사의 수레바퀴가 폭력적 진퇴를 거듭하는 속에서 여러 계급의 욕망이 회오리처럼 충돌하던 공간이었다. 또한 민중 시위를 진압하기 좋게 도로가 정비되고, 자본주의와 부르주아가 득세하며 유리천장 아케이드*가 꽃처럼 피어나던 때였다. 우리가 아는 파리의 외관이 이때 만들어졌다. 보들레르는 만국박람회의 깃발 아래 세계의 정치 경제적 쇼룸으로 부상한 파리의 화려함 뒤에 숨은 음울한 정경들을 냉소적인 플라뇌르의 눈으로 탐색했다. 이때 보들레르가 느꼈을 군중 속의 고독은 소비주의 사회의 와이파이 그물에 채집된 현대인의 고독과 비슷하지 않았을까.

지난 시대의 맥락들이 화석처럼 겹겹이 쌓인 위에 온갖 상업적 책략이 흥망하는 우리의 메트로폴리스 서울에도 보들레르의 실험을 통해 일상의 중력에서 탈출을 꾀하는 사람들이 늘어간다. 배회자들이 늘어간다. 옥외로 나와 부단히 발을 내딛는 반복적이고 단순한 운동은 문명의 속도에 대한 저항이다. 도시를 배회하면서 섬광처럼 지나가는 질감과 정취를 느끼는 것은 아직은 내가 나로 존재한다는 확인이다. 도시의 무수한 층위에 내 몫의 연상을 더하는 것은 내 영토를 확장하는 것이다. 그렇게 같은 길을 두 번 걸을 수 없는 것은 권태에 대한 승리다.

---

* 프랑스어로는 파사주passage라고 한다.

V.

우리가 수성동계곡을 넘던 날도 그런 날이었다. 그날 서촌은 유난히 조용했다. 우리는 윤동주 하숙집을 지나 안평대군 소나무를 지나 마을버스 종점이 있는 계곡 입구로 올라갔다. 나는 거기 갈 때마다 자연스레 하게 되는 일을 했다. 안내판의 정선 그림에서 바위다리를 찾아보고, 눈을 들었을 때 〈여고 괴담〉의 귀신처럼 왈칵 다가와 있는 바위다리에 흠칫 놀라는 일. 여기까지는 무의식의 흐름처럼 매끄러웠다. 뇌의 기억 프로세스에 걸리지 않는 매끄러움. 내 쪽의 뙤약볕과 다리 너머의 녹음이 다른 세상처럼 갈라져 있었다. 빨려들 듯 계곡으로 들어섰다.

숲속 계단을 구불구불 오를 때 공기가 얼굴에 솜사탕처럼 붙었다. 이중섭 벤치쯤 올라왔을 때 눈 위로 땀이 짜게 흘렀다. 하필 이날은 폭염주의보가 내린 날이었다. 40도에 육박하는 찜통더위에 사방이 말을 잃었다. 그때부터는 신발의 접지를 방해하는 모래 알갱이도, 잡는 손을 혼내는 뜨거운 난간도 일일이 의식에 들어왔다. 돌들이 유난히 하얬다. 돌계단의 높낮이가 불규칙했다. 조팝나무 이름표의 폰트가 마음에 들지 않았다. 의식이 점점 예리해졌다. 이정표의 화살 각도가 하나도 맞지 않았다. 얼추 계곡을 넘어갔을 때 개미도 없는 공터에 늘어져 있던 테니스 네트가 달리의 그림 속 녹아내린 시계보다 더 더웠다.

부암동에 이르자 낙오병이 마침내 성문을 만난 것처럼 윤동주 문학관으로 들어갔다. 영상물 상영시간도 아닌데 지하 전시실로 직행했다. 소리가 황량하게 울리는 어둠이 너무 시원했다. 좁게 열어둔 철문으로 보이는 바깥이 백열전구처럼 작열했다. 다시 밖에는, 환기미술관으로 가는 주택가 골목길에는, 태양을 피할 방법이란 없었고 경사만 있었다. 발톱이 아팠다. 미술관 근처 카페에서 헐레벌떡 들이켠 아이스아메리카노는 내 전전두엽피질을 찢었고, 그날 이후 내 성격은 약간 더 조급해졌다. 그날의 산책은 방향감각 상실과 그에 대한 천벌처럼 내린 폭염이 합작한 피학적 행위예술이었다. 그날 그 언덕과 그 거리를 텅 비워놓은 현명한 시민들에게도 예술의 지분이 있었다.

VI.

알다시피 주거지의 면적을 늘리기란 쉽지 않다. 하지만 사람도 동물처럼 산책으로 영토를 넓힐 수 있다. 공적인 장소에 사적인 의미를 심는 일은 나를 확장한다. 거기서 먹이처럼 시적 단상을 모을 수 있다. 매일 경로가 다져지고 샛길이 번지면서 내 서식지가 늘어난다. 그곳은 나만의 감상과 집착과 미련이 묻어 있어서 다른 누구도 복제할 수 없다. 상황과 의식의 흐름에 따라 가변적이라서 나조차도 두 번 다녀갈 수 없다. 그렇게 나는 사회계약들이 미치지 않는 영역에서 아무도 몰래 군림할 수 있다.

내 목에 여행자의 꼬리표를 달고 잠시 생활을 벗어나는 것, 낯선 시선이 되어 배회하는 것은 지적 유희면서 동시에 몹시 동물적인 행위다. 지극히 내향적이면서 동시에 외향적인 일이다. 철학적이면서 동시에 감각적이다. 도시의 산책자들은 각자 봉기한다. 도시 속으로 모험을 떠난다. 도시는 평범한 사람들의 자의식이 우글대는 초현실적 정글이다.

소품함
PROP BOX

감성 유희를 위한
도구상자

감성 유행

지금은 이미지의 시대다. 이미지 연출 능력이 스타일리스트
나 사진작가뿐 아니라 모두에게 중요해졌다. 3차 산업혁명까
지 오면서 상품은 넘쳐나고 품질은 평준화됐다. 이에 대한 반
동으로 디지털 시대의 이미지는 논리정연과 기승전결을 배격
하고, 순간의 미학과 직관적 자극을 지향한다. 한편에서는 이
미지를 공유할 플랫폼과 채널이 늘어나고, 다른 한편에서는
그걸 받쳐줄 기술과 시장이 번성하고, 또 다른 한편에서는 자
신만의 콘텐츠를 만들려는 욕구가 날로 높아진다. 이 과정에
는 순서가 없다. 서로 물고 물리는 되먹임 고리feedback loop다.
이 고리의 결과물 중 하나가 온라인 쇼핑몰과 SNS에 넘쳐나는 이른바 감성사진이다.

이때의 감성이란 멀어지는 것들에게 느끼는 정서적, 심미적 매력이다. 또는 날로 자기결정권을 대체하는 인공지능 알고리즘에 대한 반항심리다. 이것을 상품화한 마케팅 용어가 '갬성'이다. 사람들은 용도나 성능보다 감성이 있는 물건과 공간에 혹한다. 가성비보다 가심비다. 소비가 곧 감성 표출이다. 그런데 역설적이게도 감성이 유행할수록 디지털 시장이 흥한다. 디지털 기술이 감성의 포착과 편집, 전시를 지원하기 때문이다. 사람들은 기성의 감성과 타인의 감성을 열심히 수집하고, 그것들을 재료로 내 방식의 감성을 연출한다. 감성 재배치, 감성 합성, 감성 조립에 열중한다.

감성의 수집과 연출이 유행하면서 사진을 찍을 이유가 많아졌다. 사진의 용도가 더는 증명과 기념에 그치지 않는다. 사람들은 삶을 보기 좋게 편집하고, 취향을 과시하고, 자존감을 부양하는 사진을 찍는다. 사진은 거기 알맞게 작은 프레임을 제공한다. 프레임 밖의 형편은 나만 안다. 프레임에 포함될 것은 내가 결정한다. 넓은 세상을 바꿀 능력과 포부와 재력은 내게 없다. 이게 내 현실이다. 이때 내가 통제할 수 있는 4:3 비율의 세계가 있으면 생활의 냉대와 배신을 이겨내는 데 도움이 된다. 거기다 전시장이 가상공간cyberspace이기 때문

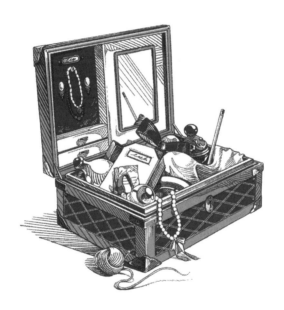

에 나를 숨기고 제2, 제3의 아이덴티티를 내세울 수 있다. 거기서는 '부캐'의 창조와 개발이 가능하다. 나는 크리에이터가 된다. 가상공간에는 현실의 불쾌를 피하려는 이드id들이 만든 아이디ID들로 가득하다.

감성 컬렉션

사람들의 '항공 샷'은 이제 고급 패션지의 플랫레이 화보 뺨치는 수준으로 진화했다. 일상의 비루한 부분들을 프레임 밖으로 걷어내려면 절묘한 앵글이 요구된다. 사진의 분위기를 좌우하는 채광과 조명도 중요하다. 보정과 필터 옵션도 적재적소에 동원해야 한다. 하지만 이 모든 것을 선행하는 것이 피사체다. 중요한 건 프레임에 무엇을 어떻게 넣을지다. 감성 상승효과를 낼 피사체들의 조합과 배치가 관건이다. 아직 감이 부족한 사람들을 위해 '감성 소품 패키지'가 다양하게 출시된다. 이걸 사면 남이 정의한 감성을 이용하는 셈이다.

아무리 감성이 유행한다 해도 개성 없는 감성은 단팥 없는 찐빵이다. 영화감독에게 페르소나 배우가 있듯, 내 감성사진에 단골로 등장하며 나만의 감성 시그니처 역할을 하는 소품들이 하나둘 생기기 마련이다. 이렇게 모두에게 소품함이 하나씩 생긴다. 소품함은 나만의 감성 컬렉션이다. 피처럼 빨간 실링왁스나 섬뜩한 도깨비 노커가 튀어나와도 이상하지 않은 상자다.

prop box(소품함)는 원래 분장 도구를 모아놓은 수납함을 말한다. 그러다 스타일리스트의 이미지 연출용 소품 컬렉션을 뜻하는 용어가 됐다. 이를테면 개발자의 툴키트, 게이머의 아이템 인벤토리다. SNS에 작업과 취미를 기록하고, 소비의 결과를 과시하고, 온라인 장터에 물건을 올리는 일은 고도의 이미지 연출을 요한다. 사람들은 이 일을 위한 소품함을 구비하고 나만의 포토존을 꾸민다. 필요와 기분에 따라 소품 구색은 늘 변한다. 감성 수집은 이어진다. 불독 클립, 알사탕을 담은 메이슨자, 악보로 만든 바람개비, 해묵은 인디 잡지, 제이허빈 잉크병, 태엽 달린 고양이 모형, 80년대 멤피스 패턴 머그컵, 아서 래컴의 삽화, 영국 어느 소도시의 지도. 정체가 모호할수록 좋다. 중요한 건 감성이니까. 모르는 눈에는 잡동사니지만 내게는 환상의 조합이다. 내 일상과 멀지만 그렇다고 내가 아닌 건 아니다.

감성 증강현실

고대 그리스에서는 예술을 창작이라고 하지 않았다. 미메시스mimēsis(모방)라고 불렀다. 하지만 미메시스는 그냥 모방이 아니라 사물의 본질을 재현하려는 노력이다. 일종의 원형 추구다. 그래서 미메시스는 선망과 몰입을 요한다. 대상을 닮으려는 욕구는 끝없이 복제본을 만들고, 사람들은 자기에게 의미 있는 복제본을 선택하고 강화한다. 이렇게 미메시스의 대상과 주체가 상호작용하면서 원본과 복제본의 경계가 불분명해진다.

지금의 감성 추구는 어쩌면 21세기 디지털 시대의 집단 미메시스다. 전통 시대의 미메시스가 형상을 질료로 현실화했다면, 지금의 미메시스는 거꾸로 물질적 아날로그 세상을 비물질적 디지털 도구로 무한 복제, 무한 공유한다. 19세기에 사진 기술이 처음 나왔을 때 회화를 모방한 사진이 유행했듯, 지금은 디지털 기술이 아날로그 감성을 전파한다. 그때의 유행은 예술에 편입되고 싶었던 사진이 보여준 일시적 자기부정이었다. 그럼 지금의 유행은 디지털이 정말로 세상을 잡아먹기 전에 베푸는 전략적 자기유예일까? 좀 으스스하다.

형상과 질료가 합해 실체가 되듯 오프라인의 현실과 온라인의 가상현실을 합한 것이 오늘날 우리의 실존이다. 편지함과 타자기를 보라. 우리의 현실에서는 사라졌지만 감성사진에서는 아직 존재감을 자랑한다. 우리는 감성사진이 보여주는 것이 현실이 아니란 것을 안다. 사람들이 인스타그램에서 수집하는 것은 정보가 아니라 영감이다. 거기서 기대하는 것은 생활의 발견이 아니라 현실의 은폐다. 이루어지지 않을 삶의 잠재다. 사람들이 감성사진에 보내는 '좋아요'는 부러움보다는 동의다. 그래, 그 각도로. 그래, 거기까지만. 감성사진은 우리가 사진 어플의 사각 프레임으로 들여다보는 일종의 증강현실이다.

우리의 감성사진용 프롭박스는 물리적 크기를 초월하는 수용력을 가진다. 거기에는 철사치마를 입은 더미도 있고, 패치워크 담요를 덮은 낡은 소파도 있고, 하얀 페인트가 초콜릿처럼 벗겨지는 덧창도 있다. 오늘은 하얀 손톱 같은 낮달을 본 김에 거기다 계수나무 한 나무 토끼 한 마리 추가한다. 오늘도 우리는 각자의 비좁은 현실을 증강한다.

텀블러
T U M B L E R

박카스 온더록스부터
친환경 커피까지

텀블러는 밑바닥이 넓고 편평한 잔을 통칭한다. 높이는 다양하고, 아래로 갈수록 가늘어지는 것도 있고 고급스럽게 크리스털 세공을 한 것도 있다. 하지만 손잡이도 발목도 없이 단순한 원통형인 것이 공통점이다. 주로 위스키나 보드카를 얼음 위에 부어서 온더록스on the rocks로 마실 때 사용한다. 그래서 록글라스rock glass라고도 한다. 칵테일 잔을 쓰지 않고 전통적으로 텀블러에 마시는 칵테일도 있다. 올드패션드Old-Fashioned, 블랙 러시안Black Russian, 화이트 러시안White Russian, 블러디 메리Bloody Mary, 카이피리냐Caipirinha, 갓파더Godfather, 네그로니Negroni, 사제락Sazerac 등이 대표적이다. 내가 좋아했던 칵테일은 화이트 러시안이었는데 술에 약한 탓에 주문할 때 촌스러운 당부를 붙여야 했다.

"보드카 쪼끔, 깔루아 많이요."

그나마도 옛날 얘기다. 지금은 알코올음료를 끊다시피 한 지 오래다.

텀블러는 소셜네트워크서비스 'tumblr'와는 의외로 상관이 없다. 처음에는 당연히 텀블러를 생각했다. 원통형 용기처럼 이것저것 쓸어 담고 뒤섞기 좋은 매체라서 tumblr인 줄 알았다. 칵테일 셰이커처럼. 레미콘 드럼처럼. 그런데 tumblr는 tumblelog의 준말이라고 한다. 인터넷의 바다에서 우연히 발견한 이미지나 단문이나 링크 등을 잡다하게 모아놓은 디지털 비망록이라는 뜻이다. 그러니까 tumblr는 텀블러보다 숙어 'tumble into'와 상관있다. '굴러들어 온' 것들, '어쩌다 마주친' 것들의 모임이다.

텀블러 얘기하니까 예전에 야근할 때 한 잔씩 걸치던 박카스 온더록스가 생각난다. 다량의 카페인이 차갑게 시스템에 주입되면서 멍한 머리를 깨우던 느낌. 영화 〈루시Lucy〉에서 주인공 루시의 체내로 흡수된 초강력 합성 약물처럼 감각을 벼리고, 집중력을 올리고, 심지어 보이지 않던 돌파구를 보여준다. 파워포인트 화면에서 껌뻑이는 커서에 다시금 초점이 잡힌다. 루시처럼 뇌가 비정상적으로 활성화돼 물리법

칙을 거스르는 초능력자가 되는 건 아니고 그냥 잠깐 정신이 나는 정도지만, 박카스 온더록스는 피곤 때문에 뇌가 스펀지로 변해갈 때 나름 좋은 처방이었다. 그러나 이것도 다 옛날 얘기다. 원래 좋지도 않았던 눈에 노안까지 닥쳐서 지금은 카페인음료도 싹 끊었다.

커피만 빼고.

장상피화생(이게 뭔지 모르는 이들이여, 부럽다) 진단을 받은 위도, 날로 침침해지는 눈도, 내장지방 쌓이는 소리가 들리는 복부도 커피를 끊으라고 말하지만, 커피는 정말이지 끊기가 어렵다. 아침마다 '나는 이미 커피를 마셨다'고 뇌를 속이는 첨단 기억 조작 기술이 싸게 상용화되지 않는 한, 이미 뉴런을 지배하는 커피라는 습관성 각성제를 대체할 것이란 이 세상에 없다.

사실 이제 텀블러는 술보다 커피와 가까운 물건이 됐다. 우리는 텀블러를 술잔보다 커피 용기로 인식한다. 그렇게 된 계기는 자원 절약과 환경 보호를 위한 일회용품 줄이기 운동이었다. 1인당 플라스틱 소비 세계 1위'라는 불명예에 놀란 시민들의 조바심, 뭐라도 해야 한다는 집단 강박이 크게 작용했다. 일단 2002년에 '컵 보증금'이라는 게 처음 생겼다. 테이크아웃용 일회용 컵에 보증금을 부과하고 나중에 컵을 매장에 반환하면 보증금을 돌려주는 정책이었다. 취지는 좋았는데 원성이 높았다.

"자리에 앉지도 않는데 깎아주지는 못할망정 돈을 더 받느냐" "다 먹은 컵을 내둥 끼고 있다가 다시 덜렁덜렁 들고 오란 말이냐" "반환하지 않는 사람이 태반일 텐데 매장만 좋은 일 아니냐" "환경은 소비자만 망치냐, 소비자가 봉이냐, 수익자가 부담해라" 등등.

같은 시급에 일거리만 늘어난 커피숍 직원들도 행복하지 않았다. 결국 보증금 제도는 저조한 회수율과 참여율을 보이다 2008년에 유야무야 없어졌다. 어느 날부턴가 커피숍에서 아무 말 없이 일회용 컵에 커피를 담아줬다. 심지어 매장에서 마시고 갈 건데도 일회용 컵에 담아줬다. 나는 환경을 생각하는 사람답게(?!) 주문할 때 "머그컵에 주세요"를 덧붙이곤 했는데, 놀랍게도 "머그컵이 모자라서요"라며 군이 일회용 컵에 주는 매장이 많았다. 뻔히 옆에 머그컵을 크기별로 쌓아두고 그러기도 했다. 설거지가 힘든 건 알지만……

거기다 요즘은 코로나19 사태에다 유가 하락이 겹쳐서 일회용품 사용이 잠정적으로 면죄부를 얻는 분위기다. 일회용품 규제책들이 일시에 풀렸다. 매장 내 일회용 컵 사용 금지도 해제됐고 배달음식도 다시 일회용 그릇에 담겨서 온다.

TUMBLER

4·15 총선 때 유권자들은 일회용 마스크는 물론이요, 일회용 위생장갑을 끼고 투표했다. 방역 논리상 집에 있는 비닐장갑을 끼고 갈 수도 없었다. 바이러스 때문에 재활용이 어려운 폐기물이 매분 매초 엄청나게 쌓인다. 그런데 다행히(?!) 2022년에 일회용 컵 보증금제가 부활한다고 한다. 이번에는 정부가 전처럼 업계의 자발적 참여를 기대하지 않고 아예 법을 개정해서 제도화하겠다고 한다.

이런 과정을 거치며 커피 공화국 대한민국에 텀블러 열풍이 불었다. 쓰레기를 줄여 환경에 기여하겠다는 의지에다 컵 보증금을 피하겠다는 알뜰 정신에다 카페 직원이 무거운 머그컵을 씻는 수고도 줄여주겠다는 착한 마음까지 가세해 개인 컵 지참 운동이 일었다. 시장이 반응하지 않을 리가 없었다. 보온·보냉 기능을 갖춘 다양한 디자인과 색과 재질의 텀블러들이 매일 쏟아졌다. 커피전문점마다 시도 때도 없이 신상 텀블러를 내놓으며 환경 마케팅에 열을 올렸다. 너도나도 텀블러를 사고 선물했다. 그런데 여기에 역설이 있다. 텀블러 하나로 평생을 쓰지 않는 한, 텀블러는 일회용 컵 못지않게, 아니 훨씬 더 반反환경적이다. 내가 두 번째 텀블러를 사는 순간, 지구에서 내 탄소발자국을 줄여보겠다는 애초의 목표는 물 건너간다.

하지만 대개는 한 사람이 텀블러를 몇 개씩 가지고 있다. 없으면 모를까 하나만 있는 사람이 드물다. 심지어 한 달이 멀다 하고 바꾸는 사람부터 수집하는 사람도 있다. 음료에 따라 용량에 따라 그날의 기분에 따라 착장에 따라 바꿔 든다. 등산용, 산책용, 공부용, 출근용이 다 다르다. 무엇보다, 매번 씻고 닦고 말리느라 인생과 위생이 더 꼬이기 십상이다. 텀블러는 애초의 장한 의도를 잃고 과소비의 길티 플레저guilty pleasure가 됐다. 가짜 에코 라이프를 과시하는 동시에 은폐하는 액세서리가 됐다.

텀블러. 환경을 위한 미니멀과 전염병 예방을 위한 뉴노멀의 쌍발 엔진을 장착한 각광템으로 장차 더 높이 부상할 가능성이 높다. 하지만 텀블러는 자칫하면 환경 보호와 개인 위생에 더블 악재가 될 수도 있다. 텀블러 역설은 부단히 이어진다.

무지개 파라솔
RAINBOW PARASOL

캐주얼과
시대 유감

오래전 봄이었다. 입학해서 처음 맞는 축제를 앞두고 과방이 소란했다. 그동안 미뤘던 과티부터 빨리 맞춰야 한다는 닦달도 빠지지 않았다. 예산은 뻔한데 무조건 부티 나게 만들어야 한다는 협박성 당부가 하늘을 찔렀다. 여태껏 안 하고 뭐 했느냐는 타박도 서러운데, 몇 날 며칠 이어지는 그놈의 부티 타령에 참다못한 과대 녀석이 버럭 했다.

"알았어!"

"뭘 알아! 부티 나게 하라고! 무조건 부티 나야 한다고!"

"알았다고!"

"새끼, 왜 이래?"

"긍까 X발, 악어가 말 타고 파라솔 쓴 거 넣으면 되냐고!"

악어는 라코스테, 말은 폴로, 파라솔은 아놀드파마였다. 당시에 알아주던 캐주얼 브랜드들이었다. 지금은 레트로 취급을 받지만 그때는 유행의 첨단에 있었고, 선망의 대상이었으며, 멋의 상징이었다. 소개팅, 특히 축제 시즌을 앞둔 소개팅에는 폴로 셔츠에 엘레쎄 백팩쯤은 걸쳐줘야 성의 있다는 소리를 들었다. 90년대 초 우리 세대가 스물을 넘기던 시절이었다. 브랜드 속물주의가 곧 패션 감각인 나이가 그때는 지금보다 좀 늦게 왔다.

빨간 입을 벌린 초록 악어, 말 타고 스틱을 든 선수, 원색의 골프 파라솔. 로고가 뭔가. 브랜드가 추구하는 가치들을 하나의 심벌로 정제한 것 아니었던가. 그런데 이 로고들은 특정 스포츠를 너무 대놓고 '그렸다'.* 좋게 말해서 회화적이고 나쁘게 말해서 일차원적이었다. 로고 패턴이나 빅 사이즈 로고 등 요즘 MZ세대가 좋아하는 감각적 로고 플레이를 기대하기 힘든 로고들이었다. 이때의 캐주얼 로고들은 교표를 대체한 자기증명의 명찰에 가까웠다. 젊은 날의 X세대**가 증명하고자 했던 것이 무엇이었는지는 여전히 불분명하지만, 명

---

* 라코스테의 악어는 테니스 챔피언이었던 창업자의 별명을, 폴로의 말은 폴로 경기를, 아놀드파마의 파라솔은 골프를 나타낸다.
** 괜히 X세대가 아니다. 딱히 정의할 방법이 없다고 해서 붙은 이름이다.

RAINBOW PARASOL

품 브랜드와 스트리트 힙합의 결합이 요즘 MZ세대의 허세라면, 부자 스포츠와 범생이 프레피룩의 결합은 X세대의 허세였다.

우리는 입학 후 개강 첫날부터 등동투*의 꽹과리 소리에 혼비백산했다. 선배들은 우리를 어이없게 부르주아 날라리라고 불렀다. 아래로는 후배들의 오렌지풍 신인류 문화에 치였다. 그때의 캐주얼 패션은 혼란스러웠던 우리들 젊은 날의 한줄기 정체성이었다. 우리를 등동투의 최대 피해자로 부르며 학내 점거 농성 일선에 배치하고, 우리가 등동투의 최대 수혜자가 될 거라며 재롱을 요구하던 선배들을 잊지 못한다. 우리도 군사독재를 겪었고, 어렸지만 6월 투쟁을 목격했다. 우리에게도 가냘프게나마 시대정신이란 게 있었다. 하지만 신입생 때부터 가투를 뛰었던 운동권 (끝물) 세대 선배들은 웃고 있어도 무서운 데가 있었고, 우리는 그 앞에서 찍소리 못 했다.

우리 세대와 캐주얼 패션의 어색한 조우가 이때가 처음은 아니었다. 1980년대 초 우리가 중학교에 입학할 때 교복 자율화 조치가 시행됐다. 교복이 없어졌다! 당사자인 우리보

———
* '등록금 동결 투쟁'의 줄임말이다.

다 학부모와 학교가 더 당황했다. 한쪽은 옷 사 입힐 걱정이 태산이었고, 한쪽은 학교 복도를 색색으로 누비는 아이들을 본 적이 없었다. 경제적, 시각적 충격은 몹시 컸다. 보통 사건이 아니었기에 논쟁이 뜨거웠다. 개성 존중의 기치와 규율 해이의 우려가 충돌했다. 둘 다 멍청한 이데올로기였다. 교복만 풀어주면 없던 개성도 생길 거라는 기적의 논리는 자율성 이미지를 노린 군사정권의 허울이었다. 자유복이 각자의 사는 형편이나 가시화하지 않으면 다행이었다. 자유복이 탈선을 조장할 거라는 지적도 학생을 통제 대상으로 보는 전근대적 무능함의 자백이었다.

교복 자율화 세대를 노린 '학생 캐주얼' 브랜드들이 쏟아져 나왔다. 패션 전문가로 위장한 업체 마케터들이 TV에 나와 경쟁적으로 학생들에게 스타일 제안을 했다. 초반에 퍼프 소매 블라우스와 체크 주름치마가 강렬하게 유행했다. 그러다 래글런 티(일명 나그랑 티)와 수입 청바지로 옮겨 갔다. 학생 캐주얼은 극과 극으로 흘렀다. 80년대의 맥시멀리즘에는 극단적 우왕좌왕도 포함됐다. 문제는 학생 캐주얼을 표방하는 브랜드들이 결코 싸지 않았다는 것이다. 이때의 캐주얼 패션은 브랜드명과 가격 모두 위화감을 주었다. '마리떼 프랑소와 저버'가 대표적이었다. 하지만 이때 캐주얼의 발흥이 교복 자율화 세대에게 과시적 소비주의의 씨만 심은 건 아니었다. 정치적 전복보다 문화적 용약으로 세상을 제패하고픈 야망의 씨도 심었다. 우리는 스톤워시 청바지로 문워크와 더티댄싱을 연이어 소화했고, 팝과 영화와 스타성을 소비하며 어렴풋하게나마 한류의 미래를 꿈꿨다. 몇 년 후 교복이 부활했지만 예전 검정 교복 시대로의 회귀는 불가능했다.

교복 자율화 세대가 커서 경제활동인구에 편입된 지 얼마 안 돼 국가 부도 사태가 났다. 외환위기 이후 많은 것이 변했다. 평생직장 개념도 그때 무너졌다. 근속연수보다 화려한 이력이 중요해졌고, 자신의 시장가치에 따라 회사를 옮기는 것이 미덕이고 승진이었다. 우리가 월급쟁이 생활에 이골이 날 무렵, 회사들이 '유연한 조직문화'를 운운했다. 그러더니 유행처럼 캐주얼 데이가 생겼다. 물론 정장이 드레스 코드였던 직종과 업장에 한한 일이었지만 충격파는 꽤 컸다.

우리는 또 당황했다. 캐주얼의 저주는 우리를 따라다녔다. 홈웨어도 아니고 동네웨어도 아니고 운동웨어도 아니고 출근을 위한 캐주얼이라니. 캐주얼은 우리에게 여전히 껄끄러운 과제였다. 금요일이 되면 회사가 어색해졌다. 자포자기식 청바지와 운동화 차림으로 회사가 바라는 '비즈니스 캐주얼'을 본의 아니게 욕보이는 사람들. 캐주얼 데이에도 꿋꿋이

슈트 입고 넥타이 매고 출근하며 본의 아니게 회사 방침에 반기를 든 사람들. 그 사이로 교복처럼 퍼지던 파스텔 카디건과 칼주름 슬랙스. 무지개 파라솔과 폴로 기수의 귀환이었다. 초록 악어도 곧이어 합류했다. '수트빨'에 기댈 수 없는 금요일의 멋쟁이가 진짜 멋쟁이라는 인식이 생겼다. '꾸안꾸(꾸미지 않은 듯 꾸민)' 스타일이 떴다. '꾸안꾸'는 정장보다 돈이 더 들었다.

알다시피 캐주얼 패션은 영국의 축구 응원 문화와 떼놓고 말하기 힘들다. 전통적으로 영국의 프로축구 팬덤은 서포터와 훌리건으로 나뉜다. 서포터가 자기 팀을 건전하게 응원한다면, 훌리건은 상대 팀 팬들에게 폭력을 행사한다. 서포터는 자기 팀 저지를 입지만, 훌리건은 축구 옷을 입지 않는다. 1950년대부터 영국 노동계층 하위문화*의 계보는 테디 보이스Teddy Boys, 모즈Mods, 스킨헤드skinheads, 고스Goth 등으로 이어졌다. 영국에서 축구가 전통적으로 노동계급의 스포츠였기 때문에 축구 팬들도 하위문화의 패션에 직접적인 영향을 받았다.

———

* 반문화counterculture라고도 한다. 주류 엘리트 계층의 문화를 동경하면서 동시에 대항하는 양면성을 가진다.

그러다가 1980년대에 홀리건들이 유럽 클럽대항전에 참가하는 팀을 따라 유럽 대륙으로 원정을 나갔고 이탈리아와 프랑스의 캐주얼 패션에 눈 떴다. 이들은 거리 난동 중에 약탈한 옷을 입고 귀국했다. 이때부터 홀리건들이 경쟁적으로 유럽의 고급 브랜드들을 입었다. '캐주얼 홀리건'의 탄생이었다. 캐주얼룩은 처음에는 닥터마틴 부츠를 신은 스킨헤드를 집중 단속하던 경찰을 따돌리는 효과가 있었다. 하지만 얼마 안 가 캐주얼은 홀리건의 유니폼이 됐다. 캐주얼 홀리건은 라코스테와 필라에서 버버리와 프라다, 스톤아일랜드와 CP컴퍼니를 섭렵했다.

캐주얼의 사전적 의미는 평상복이다. 하지만 캐주얼과 평상복은 같지 않다. 사람마다 평상平常의 의미가 달라도, 그래서 사람마다 평상복의 모양새가 제각각이어도, 결국 평상복은 평상복이라는 같은 기능을 한다. 하지만 캐주얼이 순전히 기능으로 소비되는 일은 보지 못했다. 어쩌면 잉여생산의 세상에는 순전히 기능으로 소비되는 것 자체가 드물지 모른다. 많은 것이 사회적, 문화적 의미로 소비된다. 분명한 게 있다면, 등골 휘는 가격은 어떤 식으로든 평상적이지 않다는 것이다.

사전적 의미와 반대로 캐주얼은 집단의 드레스 코드로 부과되는 일이 많았다. 집단의식만큼 수요가 보장된 것도 없다. 사람은 외로우니까. 그래서 집단의식은 싸지 않다. 그게 설사 기성에 대한 저항의식이라 해서 딱히 저렴할 이유는 없다. 처음에는 하위문화와 엮이는 것을 질색했던 고급 브랜드들도 이제는 캐주얼을 갱 이미지와 공공연히 엮는다. 돈이 되니까. 아디다스 삼선과 버버리 노바체크가 대표적이다. X세대는 교복이 주는 집단의식을 향유할 기회를 박탈당했고, 대신 날라리라는 키워드를 얻었다. 우리의 날티는 떡잎 단계였던 소비주의와 개인주의의 콜라보였다. 그때 우리를 통솔하러 날아온 메리 포핀스의 우산은 검은색이 아닌 무지개색이었다.

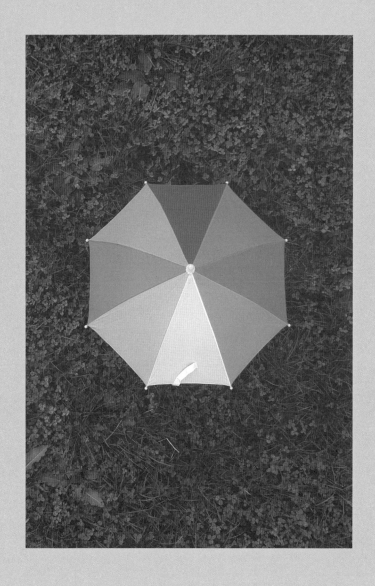

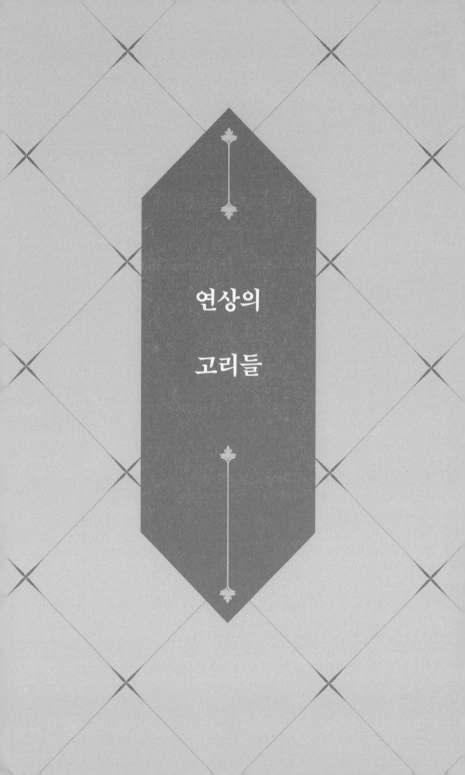

연상의

고리들

깅엄체크
GINGHAM CHECK

사강의 수영복과
바르도의 웨딩드레스

앞치마와 식탁보와 파자마를 대변하던 '촌스러운' 깅엄체크 gingham check가 근래에 런웨이에서 다양한 소재와 아이템에 새롭게 적용되면서 패션 키워드로 부상했다. 패션계에서 끝없이 재해석되며 사랑받는 그래픽 프린트는 많다. 줄무늬stripes, V자형 무늬chevrons, 물방울무늬polka dots, 새발격자무늬hound's tooth……. 이들 사이에서 깅엄체크는 밝고 명랑한 분위기를 담당한다. 남자 셔츠에도 많이 이용되건만, 깅엄체크에는 '소녀 감성'이 끈질기게 따라붙는다. 1900년, 삽화가 윌리엄 덴슬로William W. Denslow가 오즈의 마법사를 찾아가는 원정대의 소녀 리더 도로시에게 하늘색 깅엄 원피스를 그려 입힐 때부터 어느 정도 정해진 숙명이었다.

깅엄은 원래 흰 실과 색실을 교차해서 짠 면직물이다. 그래서 두 가지 색의 단순한 체크무늬가 나온다. 깅엄이라는 이름은 줄무늬를 뜻하는 힌디어 'guigan'이나 말레이어 'ginggang'에서 왔다는 말도 있고, 17세기에 인도의 직물을 모방 생산하던 프랑스 브르타뉴 지방의 소도시 갱강Guingamp에서 유래했다는 설도 있다. 명칭이 어디서 왔든, 깅엄체크를 피크닉의 세계에서 하이패션의 세계로 가는 승강기에 태운 사람은 1950년대 말의 두 프랑스 여성이었다. 바로 소설가 프랑수아즈 사강Francoise Sagan과 배우 브리지트 바르도Brigitte Bardot다.

바르도가 1959년에 동료 배우 자크 샤리에Jacques Charrier와 결혼할 때 입은 분홍색 깅엄 원피스는 워낙 유명해서 검색 포털에서 바르도를 치면 핑크 깅엄이 따라 나올 정도다. 세기의 웨딩드레스 명단에도 단골로 등장한다. 뒷이야기에 따르면, 파리에서 베르사유로 가는 길에 있는 작은 마을 루브시엔느의 등기소에서 약식 결혼을 의도했던 당대의 섹스 심벌은 기자들이 들이닥치자 발을 구르며 "Non, non, non!" 하고 외치고는 울음을 터뜨렸다고 한다. 어쨌거나 지금 전하는 사진을 보면 울었다는 얼굴치고는 너무나 밝고 아름답다. 바르도는 18세였던 1952년, 영화감독 로제 바딤Roger Vadim과

처음 결혼할 때는 제법 고전적이고 단아한 백색 웨딩드레스를, 1966년에 독일인 사업가 '겸' 플레이보이 군터 작스Gunter Sachs와 결혼할 때는 스모키 아이 메이크업에 오렌지색 미니원피스를 입었다. 발레리나 지망생이었던 바르도는 바딤의 〈그리고 신은 여자를 창조했다Et Dieu créa la femme〉로 스타덤에 올랐고, 대중영화와 예술영화를 오가며 여러 화제작에 출연하면서 천진함과 도발성을 동시에 뿜는 폭발적 관능미로 당대를 풍미했다. 요조숙녀풍의 새침한 매력으로 승부하던 당시 할리우드 미녀 배우들과는 판연히 다른 매력이었다.

바르도보다 한 해 늦게 1935년에 태어난 프랑수아즈 사강은 18세 때 발표한 첫 소설《슬픔이여 안녕Bonjour tristesse》이 세계적 베스트셀러가 되면서 일약 프랑스 문단의 스타가 되었다. 이후《어떤 미소Un certain sourire》《한 달 뒤 한 해 뒤Dans un mois, dans un an》《브람스를 좋아하세요…Aimez-vous Brahms…》등을 연달아 발표하면서 단지 운이 좋았을 뿐이라는 비평가들의 의심도 불식했다. 사강은 어린 나이에 부와 명성을 얻었고 대중의 열렬한 관심 속에 특유의 패션 감각과 자유분방한 라이프스타일을 과시하며 배우 못지않게 화려한 삶을 살았다. 스포츠카와 담배, 숏컷 헤어와 톰보이룩은 그대로 사강을 설명하는 단어들이 되었다.

하지만 내게는 사강 하면 떠오르는 것이 따로 있다. 바로 깅엄 셔츠 차림으로 해변에 서 있는 사진이다. 처음 이 사진을 봤을 때는 무슨 옛날 영화의 스틸컷인 줄 알았다. 사진 속 주인공이 사강이고 장소가 1956년의 생트로페 해변이라는 것은 나중에야 알았다. 그 사진에는 20대의 내가 생각하던 낭만의 요소가 고루 있었다. 햇살 뜨거운 바다를 배경으로 수영복 위에 헐렁한 셔츠를 입고 서 있는 깡마른 여자. 여자의 미소에서 동시에 느껴지는 예민함과 권태로움. 역시 나중에 알았지만 그 낭만적 모습 뒤에는 퇴학과 자퇴로 이어지는 학력, 반항에 가까운 낭비와 사치, 혼수상태까지 갔던 자동차 경주 사고, 두 번의 결혼과 이혼, 신경쇠약과 약물중독으로 점철된 인생이 있었다. 사강은 길들여지기를 거부한 영혼이었다.

바르도는 40세 무렵에 연기 활동을 접었다. 하지만 40대에 잠적해서 세상에 늙어가는 모습을 숨기고 신비주의를 유지했던 전설적 여배우 그레타 가르보Greta Garbo와는 양상이 달랐다. 바르도는 사람들의 환상을 제대로 깼다. 노년에 동물 권익 보호 운동에 몸담은 것까지는 좋았는데, 개고기를 먹는다며 한국인에 대한 독설을 퍼부어 우리나라 사람들에게는 미운털이 박혔고, 1990년대부터 꾸준히 인종차별적인 막말을 일삼아 지금은 자국에서도 추하게 늙었다는 소리를 듣는다. 한편 사강은 중년 이후에도 약물중독과 도박벽을 극복하지 못하고 건강과 재산을 함께 잃었다. 이 무렵 법정을 드나들며 "타인에게 피해를 주지 않는 한 나는 나를 파괴할 권리가 있다J'estime avoir le droit de me détruire comme je l'entends du moment que je ne nuis à personne"는 발언으로 파문을 일으키기도 했다. 말년에는 탈세 혐의로 기소돼 징역형(집행유예)과 벌금형을 받았고, 파산상태로 2004년 69세에 세상을 떴다.

사강과 바르도는 부유한 가정에서 태어나 어린 나이에 직업적 성공을 거두고 시대의 아이콘이 됐으며 남프랑스를 사랑했다는 공통점이 있다. 동시에 첨예하게 대조적이기도 했다. 한 사람은 반항적이고 시니컬한 감성으로 문단의 앙팡테리블enfant terrible이 됐고, 한 사람은 육감적인 외모와 용약하는 성적 매력으로 은막의 섹스 키튼sex kitten이 됐다. 한 사람은 좌파 지지 선언으로 유명하고, 한 사람은 극우 정당 국민전선의 지지자다. 하지만 한때 두 사람은 글과 연기를 통해 사회가 젊음과 여성에게 선전하고 강요했던 도덕과 질서를 거부했고, 위험한 욕망을 개인의 선택으로 선언했다. 두 사람이 오래전에 입었던 깅엄체크는 격식 파괴의 공통분모였다.

메리제인 슈즈

MARY JANE SHOES

여학생과
가사노동자

다양한 변형이 있지만 발등에 스트랩이 있고 앞코가 동그스름한 구두를 메리제인 슈즈라고 한다. 중요한 패션 아이템이다. 발을 어려 보이게 하는 데 그만이다. 19세기 말에 어린이 구두로 처음 나왔을 때는 남녀 공용이었는데, 점차 여자 어린이가 교복이나 정장에 신는 구두가 됐고, 20세기로 들어와 여성화의 일종으로 자리매김했다. 원래는 활동하기 편한 플랫 슈즈였지만 굽 높이도 다양해졌다.

나는 교복 세대가 아니라서 평생 입어본 유니폼이라고는 유치원 때 입었던 초록색 원복이 전부다. 그때 흰색 스타킹 위에 신었던 까만색 메리제인 슈즈가 생각난다. 초등학교 2학년 때는 내 짝이 비싸 보이는 보라색 에나멜가죽 메리제인 슈즈를 신고 다녔다. 그 애는 낡으면 같은 걸로 또 사는 건지, 그걸 본인의 시그니처 아이템으로 삼은 건지, 아니면 그 걸로 이산가족이라도 찾을 작정인지 아무튼 줄기차게 보라색 메리제인만 신고 다녔다. 구두를 신발장에 두지 않고 굳이 책상 아래에 두고 애지중지하면서 재수 없게 굴었다. 그 애 이름과 얼굴은 하얗게 잊었지만 그 구두는 지금도 선명하게 기억난다. 어른이 되어 메리제인 슈즈는 종아리 짧고 발목 굵은 사람들은 피해야 할 아이템이란 걸 깨달으면서 미운 마음이 더욱 깊어졌다. 그런 '구조적 차별'은 용서할 수 없었다.

메리제인이라는 명칭은 미국 만화가 리처드 F. 아웃콜트 Richard Felton Outcault가 1902년부터 《뉴욕헤럴드New York Herald》에 연재했던 만화 〈버스터 브라운Buster Brown〉에서 유래했다는 것이 중론이다. 주인공 소년 버스터 브라운의 여동생 이름이 메리제인이었다. 주인공들의 복장이 유행하면서 이 만화는 메리제인 슈즈 외에도 여러 패션 용어를 낳았다. 버스터 브라운 보브는 앞머리를 일자로 자른 단발이고, 버스터 브라운 칼라는 폭이 넓고 끝이 둥근 칼라다. 미국에서 백 년 전통을 자랑하는 메리제인 캔디도 〈버스터 브라운〉에서 이름을 땄다는 설이 있다. (기업주의 고모 이름에서 땄다는 게 사탕 회사의 공식 입장이지만, 만화의 인기에 편승해 공짜 마케팅 효과를 노

린 작명이었다는 것이 세간의 평이었다.)

하지만 내가 의심하는 메리제인 슈즈의 유래는 따로 있다. 빅토리아 시대 영국 상류층은 하녀를 메리제인이나 메리앤으로 불렀다. 특히 잡일을 하는 어린 하녀를 지칭하는 표현이었다. 《셜록 홈스의 모험The Adventures of Sherlock Holmes》의 〈보헤미아 왕실 스캔들A Scandal in Bohemia〉에서 하녀를 잘못 뽑은 것 같다는 홈스의 지적에 왓슨은 이렇게 답한다. "우리 집 메리제인으로 말하자면 도저히 구제 불능이라 아내가 벌써 해고 통지를 했다네." 《이상한 나라의 앨리스Alice's Adventures in Wonderland》에서는 토끼가 앨리스에게 "야, 메리앤, 여기서 뭐해? 당장 집으로 뛰어가서 장갑과 부채를 가져와, 얼른!" 하고 소리치자 깜짝 놀란 앨리스가 엉겁결에 뛰어가며 "나를 자기 집 하녀인 줄 아나봐"라고 중얼대는 장면이 나온다. 하녀를 일컫는 말이 왜 메리제인이 됐을까? 당시 하녀의 이름 중에 우연히 메리제인이나 메리앤이 많았던 걸까?

19세기 영국과 미국의 여성 임금노동자는 대부분 하녀였다. 사회적 예법이 늘면서 하녀의 필요성도 늘었다. 산업혁명으로 중산층이 확대되면서 하녀와 가정부가 더욱 늘었다. (여성이 일하는 업종이 다양해진 것은 제2차 세계대전 때 전쟁터로 나간 남자들을 대신해 여성들이 산업 전선에 뛰어들면서부터였다.)

애거서 크리스티의 추리소설 중에 할머니 탐정 미스 마플Miss Jane Marple이 주인공인 이야기들에는 하녀가 범인 아니면 증인 아니면 정보원으로 등장한다. 미스 마플 본인도 은퇴 전에는 초보 하녀를 교육하는 일에 종사한 사람으로 설정돼 있다. 하녀 유니폼이 가사노동을 사적 영역에서 분리해 신분과 직업으로 공식화했다면, 메리제인이란 완곡어법은 그들의 하층생활life below stairs을 에둘러 타자화했다.

메리제인 슈즈는 이중적이다. 아동의 외출복과 노동계급의 유니폼이 맞물려 있다. 정신해방을 말하면서 계급의식은 버리지 못했던 19세기 '순수의 시대'가 느껴진다. 아이의 귀여움이 여성성으로 확대됐다. 훈련된 순수함도 여성에게 귀속됐다. 그래서인지 메리제인 슈즈에는 자유분방과 내숭이 공존한다. 천방지축과 다소곳함이 함께한다. 어쩌면 그런 이중성이 메리제인 슈즈가 인기 있는 이유인지도 모른다. 연남동 경의선 숲길에 앉아 있다가 스키니 진에 납작한 메리제인 슈즈를 신고 지나가는 발을 멀리까지 배웅하듯 쳐다본다. 메리제인이란 이름의 스페인어 버전은 마리아 후아나Maria Juana다. 그래서 메리제인은 마리화나를 뜻하는 속어이기도 하다. 저 발의 주인은 그런 거 알까?

허니콤 볼
HONEYCOMB BALL

랑그와
빠롤의 문제

열 살 즈음에 읽은 소설이 있다. 검정 교복 세대 고교생들이 주인공인 청춘소설이었다. 옛날 책은 청소년 책도 세로줄이었다. 위로 정렬해서 아래로 발처럼 드리운 행들. 세로줄 책은 읽기 힘들고, 그만큼 독서라는 행위에 지적 분투의 느낌을 더한다. 주인공 소년은 형이 고시 공부하는 산사로 여름을 보내러 갔다가 그곳 약수터에서 본 소녀를 잊지 못한다. 하지만 어디 사는 누군지도 모른다. 방학이 끝나고 가을도 저물어가던 어느 날, 그는 친구들 성화에 못 이겨 어느 여고의 축제에 간다. 그리고 학교 연극의 주인공으로 나온 소녀를 본다. 두 소년 소녀의 일기가 번갈아 이어지는 소설이었는데, 소년의 그 날짜 일기는 딱 한 줄이었다.

X월 X일

그 애의 이름은 「이 가은」이었다.

소녀의 이름을 알게 된 것은 기도의 응답이고 저주의 해
소였다. 소년은 상대를 불러볼 수조차 없던 고통에서 해방됐
다. 소년에게 소녀의 이름은 실존의 증거였고 재회의 예언까
지 겸했다. 어슐러 르 귄의 '어스시Earthsea' 시리즈에서는 이름
이 마법의 동력이자 매개물의 기능을 한다. 어스시 세계에서
이름은 상대의 실체를 드러내는 일종의 주문이다. 상대의 진
짜 이름을 알면 상대를 통제할 수 있게 된다. 따라서 마법사
란 대상의 진짜 이름, 즉 실체를 알아내는 사람이다.

한때 우리에겐 이렇게 언어가 본질을 온전히 담는다는
낭만적 믿음이 있었다. 그러다 언어학의 아버지 소쉬르Ferdi-
nand de Saussure가 등장해서 이 전통적 언어관을 일거에 이단으
로 만들었다. 소쉬르 언어학은 이렇게 말한다. '향기'라는 말
에는 냄새가 없고 '열기'라는 말은 뜨겁지 않듯 언어는 대상
을 반영하지 못한다. 언어와 대상의 관계는 그저 언중, 즉 사
용자 그룹이 합의한 자의적 관계에 지나지 않는다.

소쉬르의 구조주의는 언어를 랑그langue(언어의 보편적, 고
정적 구조)와 빠롤parole(언어의 개별적, 구체적 발화)로 나눈다.

❦

HONEYCOMB BALL

예를 들어 'great'라는 말에는 모두가 아는 사전적 의미가 있다. 하지만 'great'를 말할 때의 상황이나 맥락, 화자의 억양과 말투에 따라 어감이 달라진다. 심지어 뜻도 달라진다. 상황에 따라 'great'의 뜻은 칭찬('멋져요')부터 욕('놀고 있네')까지, 환호('앗싸')부터 탄식('젠장')까지 다양하게 변한다. 사전적 의미가 랑그라면 상황별 의미는 빠롤이다. 언어학이 유한한 규칙인 랑그를 연구한다면 문학은 무한한 언사言辭인 빠롤을 다룬다. 여기서《로미오와 줄리엣Romeo and Juliet》에 나오는 줄리엣의 유명한 대사가 생각난다. "장미는 다른 이름으로 불러도 장미죠. 몬태규란 이름이 아니라도 당신은 당신이에요. 이름이 무슨 소용이 있나요? 몬태규가 뭐죠? 나를 위해 그 원수의 이름을 버려주세요."

생활에서 자주 접하는 물건인데도 이름을 모르는 것들이 있다. 대표적인 것 중 하나가 책에 붙어 있는 끈이다. 읽던 데 표시하라고 붙어 있는 끈. 책마다 있는 건 아니고 양장본 책에만 있다. 찾아보니 정식 명칭은 가름끈이다. 그런데 가름끈이라는 이름이 실제로 불리는 것, 즉 발화發話하는 것은 들어보지 못했다. 가름끈을 책끈 또는 책띠라고 해도, 심지어 상황에 따라서는 그냥 끈이라 해도 우리는 알아듣는다. 세계인의 마음속에 공통으로 있는 '가름끈'이 랑그라면 그걸 일컫는 이런저런 말들은 빠롤이다.

옛날부터 이름이 궁금한 게 있었다. 이 물건의 이름을 몰라 답답했던 적도 있다. 박엽지를 겹겹이 엇갈려 붙여서 만든 종이 장식품. 반원형으로 납작하게 포개져 있던 박엽지 뭉치가 아코디언처럼 파사삭 펴지며 둥글게 일어나는 입체들. 둥글게 펴져서 과일도 되고, 비치볼도 되고, 크리스마스 종도 되고, 파르페를 장식하는 방울도 되던 그것.

이걸 뭐라고 부르지? 어려서부터 알던 건데 이름을 모른다. 번역 일을 하면서 텍스트에서 한 번쯤 마주칠 법도 한데 그런 적도 없었다. 생활 밀착형 물건이 아니라서 구태여 언급할 일이 없고, 이름을 모르니 언급도 쉽지 않다. 그래서 그런지 나 말고는 궁금해하는 사람도 없는 것 같다. 그런데도 이 물건은 잘 있다. 옛날부터 지금까지 변형도 거의 없다. 이름이 있거나 말거나 건재하다.

나는 맘먹고 구글 검색을 했다. 그것을 대체로 허니콤볼(벌집공)이라 부른다는 걸 알아냈다. 그런데 감흥이 없다. 석연치 않았다. 실체를 반영하지 못한 이름이었다. 잘 보면 육각형 구조가 아니라 마름모 구조다. 전체 모양이 항상 공 모양도 아니다. 무엇보다 박엽지라는 궁극의 재료가 전혀 반

✂

HONEYCOMB BALL

영돼 있지 않다. 박엽지의 아슬한 취약함을 아슬한 신축성으로 바꾼 재간, 종이가 퍼지며 실제로 귀를 간질이는 소리, 빛방울처럼 화사하게 열리는 색. 형태를 인지하는 순간 미세하게 엇박으로 뛰는 심장은 전혀 반영돼 있지 않다. 구조보다 중요한 건 재질이란 말이다. '벌집공'은 랑그도 아니고 빠롤도 아니고 그냥 '웬 말'이었다.

내가 박엽지에 갖는 기억이 각별해서 더 그랬다. 어렸을 때 학교에서 국어책에 페이지마다 하얀 박엽지를 붙이고 글씨 연습을 했다. 그래서 그때는 박엽지를 습자지라고 불렀다. 종이가 찢어지는 걸 막으려면 힘 조절이 필요했고 연필심도 적당히 뭉툭해야 했다. 박엽지를 손바닥으로 쓰다듬으면 미세하게 더 보드라운 면이 있고 덜 보드라운 면이 있었다. 나는 덜 보드라운 면에 글씨를 썼다. 운동회 때는 색색의 박엽지를 기다랗게 잘라 묶어서 폼폼을 만들었다. 박엽지 여러 장을 포개서 부채처럼 착착 접어서 가운데를 철사로 묶고, 한 장씩 벌려서 종이꽃도 만들었다. 얇디얇은 박엽지가 만들던 부피감. 아이들 모두 홀린 듯 말을 잊었다. 교실엔 박엽지 바스락대는 소리만 났다. 마음까지 바스락댔다. 몹시 감각적인 기억이다. 박엽지의 감촉은 내 뉴런 그물에 쾌락·보상 회로를 만들었고, 지금도 박엽지를 만지면 심장이 몽글거린다.

번역을 시작할 때 선배 번역가로부터 번역가는 언어의 국경을 지키는 군인이라는 조언을 들었다. 언어를 옮기면서 언어끼리 섞여 오염되는 것을 막아야 한다. 문학가는 때로 어법을 어기고, 속어를 쓰고, 심지어 없는 말도 만든다. 하지만 번역가에게는 그런 시인의 면허가 없다. 대신 번역가는 매 순간 천 갈래 만 갈래 선택의 기로에 선다. 수없이 랑그와 빠롤의 문제에 직면한다.

다시 great를 예로 들어보자. 'great'라는 랑그가 있다. 그리고 거기서 파생한 빠롤이 있다. 'Oh, great.' 글의 맥락을 보니 절대 칭찬은 아니다. 이제 번역가는 'Oh, great'를 랑그로 삼아 수많은 우리말 선택지 중에 적당한 빠롤을 찾아야 한다. '잘났어.' '작작해.' '뭐래.' '그러세요?' '웃기지 마.' '지랄.' '또야?' '어련하겠니.' 어느 것도 석연찮다. 상황을, 실체를 제대로 반영한 느낌이 없다. 일단 넘어간다. 한 단어를 밤새 붙들고 있을 수는 없다. 시간이 흐르고, 무심코 TV로 눈을 들었을 때 귀에 들어오는 대사 한마디. '퍽이나.' 그래, 이거야! 나는 그렇게 답 하나를 찾았다.

피츠제럴드의 대표작이 애초에 '위대한 개츠비'가 아니라 '대단한 개츠비'로 번역됐다면 어땠을까? 내용과 더 어울리는 제목이 됐을 수도 있다. 물질을 희구하면서 동시에 조롱했던 시대의 부조리를 담은 소설에 더 어울리는 이름이 됐을 수 있다. 하지만 이제는 '위대한 개츠비'가 언중의 합의로 대체 불가한 랑그가 됐다. 뒤에 나올 다른 번역본들도 이제 이 제목을 쉽게 바꾸지 못한다. 바꿨을 때 다른 책으로 느껴질 위험을 감수해야 한다.

반면에 꽃볼, 종이 모빌, 페이퍼벌룬, 티슈페이퍼 플라워, 허니콤 볼은 어느 것도 랑그가 되지 못했다. 아직 빠롤만 난무한다. 이런 건 번역할 때 마주치지 않기를 빌어야 한다.

HONEYCOMB BALL

페이퍼 나이프

PAPER KNIFE

의도한 미완성이 주선한
뜻밖의 만남

페이퍼 나이프는 말 그대로 종이를 자르는 칼이다. 주로 우편물을 뜯는 데 썼기 때문에 레터 오프너letter opener라고도 한다. 나무, 철, 백랍, 상아 등 소재도 다양하고, 봉투를 뜯기 쉽게 끝이 뾰족하다는 공통점 외에는 모양도 다양하다. 송곳처럼 단순하게 생긴 것도 있지만, 정교하기 짝이 없는 것도 있다. 그런 것은 크기만 작을 뿐 생김새와 카리스마는 실제 장검 못지않고, 화려함과 장식은 은장도 못지않은 것도 많다. 어떤 건 칼집까지 갖추고 있다. 택배 상자 뜯을 일은 많아도 편지 봉투 뜯을 일은 거의 없는 요즘에는 일상에서 페이퍼 나이프를 보기 힘들다. 하지만 전자메일이 규준이 되기 전에는 집집마다 사무실마다 페이퍼 나이프가 제도용 '종이칼'과는 또 다른 용도를 점하며 버젓이 존재했다.

과거에 특히 서양에서 페이퍼 나이프가 필요했던 데에는 우편물 개봉 외에 또 다른 이유가 있다. 새 책을 사면 붙어 있는 책장을 뜯어야 했다. 그러지 않으면 책을 넘길 수도 읽을 수도 없었다. 책장이 붙어 있다니? 무슨 말일까? 사정은 이렇다. 책을 인쇄할 때 여러 페이지를 한꺼번에 인쇄한다. 신문용지처럼 널따란 인쇄지에 여러 페이지가 올라간다. 인쇄지 한 장에 올라가는 페이지 수는 책 크기에 따라 달라진다. 가령 8절판octavo 책은 인쇄지 한 장에 앞뒤로 16페이지가 찍힌다. 종이를 세 번 접으면 앞뒤 합해 16면이 나오는 것과 같다. 인쇄를 마치면 종이를 각각 페이지 크기로 접고, 접장들을 순서대로 포개서 등을 실로 묶고, 표지를 대서 책을 만든다.

그런데 옛날에는 표지를 대기 전에 접장 모서리를 잘라내는 과정을 생략했다. 결과적으로 인접한 책장끼리 위나 옆이 붙어 있었다. 왜 그랬을까? 19세기 이전 유럽에서는 출판업자들의 종이 제본paper binding이나 헝겊 제본cloth binding을 완성품으로 간주하지 않았다. 옛날에는 귀한 책일수록 소유자가 책을 전문 제본업자에게 맡겨서 주로 가죽으로 고급스럽고 화려하게 다시 장정했다. 책 모서리를 도련하는 작업도 이때 했다. 화가가 그림을 직접 표구하지 않는 것과 비슷한 맥

락일까? 아무튼 그때는 북 프린팅과 북 바인딩이 엄연히 다른 영역이었다. 여러 번 장정하면 자연히 책이 점점 작아지고 여백이 점점 줄어들었다. 그 시절에는 책이 물리적으로 완성되는 프로세스가 길었다. 그 프로세스를 구매자와 독자까지 나누어 가졌다. 주인이 바뀌면 책도 주인의 재력과 취향에 따라 물리적으로 변했다.

이런 이유로 옛날에는 새 책을 사면 붙어 있는 책장을 뜯어야 했다. 그래서 책장이 붙어 있는 책, 이른바 '언컷 페이지 uncut pages'는 아무도 읽지 않은 책을 뜻하는 말이 됐다. 고서 수집가에 따라서는 책장을 뜯은 책을 '개봉' 중고품으로 여긴다. 즉, 다시 팔 때 가치가 떨어진다. 이른바 '미개봉' 프리미엄이 책 수집에도 적용되는 것이다. 하지만 책은 읽으라고 있는 것. 책은 독자의 독서로 완성된다. 책장을 뜯지 않은 책은 아직 완성된 책이 아니다. '진짜' 책이 아니다.

언컷 페이지를 멋진 상징적 장치로 쓴 소설 장면이 있다. 피츠제럴드의 《위대한 개츠비》에서 개츠비는 자신의 저택에서 매주 과시용 파티를 연다. 파티에 온 남자가 개츠비의 서재를 구경하며 이렇게 말한다. "책들도 죄다 진짜야. 안에 책장도 다 있어. 껍데기뿐일 줄 알았는데, 아니야. 완전히 진짜야. (…) 뭐야, 감쪽같이 속을 뻔했잖아. 개츠비 이자는 끝내주는 연출가로군. 대단해. 철저해. 완벽한 사실주의! 거기다 어디서 멈출지도 잘 알아. 봐, 책장은 안 뜯었잖아. 그자는 딱 여기까지야. 뭘 바래." 개츠비의 화려한 서재를 채운 언컷 페이지들은 개츠비가 그 책들을 읽기 위해 사들인 게 아님을 보여준다. 진짜 책이지만 진짜가 아니었다. 전시용이었다. 상류사회를 선망하지만 끝내 배척당하는 주인공 개츠비는 20세기 초 미국 배금주의의 허영과 위선을 자신의 저택에 완벽히 재현했다. 하지만 파티 참석자들의 조롱과 달리 그 세계의 정신적 공허와 타락은 사실 개츠비의 것이 아니라 그가 모방하려 했던 인간들의 실상이었다.

요즘 책 중에도 책 모서리가 반듯하지 않고 사람이 뜯은 것처럼 우툴두툴한 책이 있다. 일부러 그렇게 만든 것이다. 이런 책을 데클 에지deckle edge라고 부른다. 내가 가지고 있는 원서 중에도 몇 권이 이렇다. 과거에 페이퍼 나이프로 책장을 뜯어야 했던 공정의 흔적을 디자인 요소로 활용한 것이다. 경험 없는 추억. 불완전함에 대한 선망. 내막을 모르는 사람은 파본으로 오해할 수도 있다. 글의 이동에 종이가 필요한 시대는 갔다. 이제 종이 편지는 슬로 메일slow mail이라는 비명碑銘과 함께, 종이책은 사양산업이라는 비명悲鳴과 함께 검색된다. 종이에 실려왔기 때문에 전에는 글에도 물성이 있었다.

손으로 뜯고, 만지고, 넘기며 읽는 글은 습득의 깊이가 달랐다. 글의 유물 가운데서도 페이퍼 나이프는 사라져가는 글의 물성을 가장 단도직입적으로 증명한다.

사족이지만 우리나라 전통 제본 방식 중에 자루매기라는 방식이 있다. 자루매기 책도 가장자리가 붙어 있지만, 한쪽 면에만 인쇄해서 인쇄면이 밖으로 나오게 접었다. 그렇기 때문에 책장을 뜯을 필요는 없다.

PAPER KNIFE

나팔축음기
GRAMMY

오펜바흐를
좋아하세요?

축음기는 영어로 그래머폰gramophone이다. 원반형 녹음 매체
(음반)에 기록된 소리를 재생하는 장치다. 이것을 별명처럼
그래미grammy라고 부른다. 미국 음반업계 최고의 상이 그래서
그래미상이다. 그래미상은 수상자들에게 축음기 모양의 트로
피를 준다. 축음기의 턴테이블에 음반을 올려놓고 돌리면, 바
늘이 음반의 홈을 지나가면서 거기 새겨진 파형波形 때문에
진동, 즉 소리가 일어나고, 나팔이 이 소리를 증폭시킨다. 전
축(전기 축음기)이 나오기 전에는 사람이 옆에 달린 손잡이를
돌려서 음반을 돌렸다. 그때는 사람이 동력이었다. 아날로그
시계의 태엽을 감는 것과 비슷했다.

　지금은 소리 정보를 디지털 방식으로 저장하고, 압축하

고, 재생한다. 디지털혁명 이후에 태어난 MZ세대 중에는 축음기는 물론이고 음반을 직접 본 사람도 드물 것 같다. 디지털화는 물건의 물성物性을 없앴다. 아니, '물건' 자체를 없앴다. 기계식 가동이 전자화하면서, 전화와 시계와 카메라와 음악재생기는 청색광을 내뿜는 화면 뒤로 사라졌다. 나팔꽃처럼 피어 있던 음량 증폭 장치도, 카메라의 빛 구멍을 찰칵찰칵 여닫던 셔터도, 손가락 구멍이 뚫려 있던 전화 다이얼도, 인생처럼 이합離合을 반복하며 시간을 알려주던 시곗바늘들도 자취를 감췄다.

부품의 배열이 작동 원리를 그대로 보여주고, 거기 묻은 손때가 곧 조작법이었던 시대는 갔다. 전자회로가 부품을 대체했으니 기기들이 아날로그 시대의 외관을 유지할 필요도 없어졌다. 그때의 감성을 아쉬워하는 사람들이 터무니없이 비싼 값을 지불하고 껍데기로만 남은 그때의 디자인을 소비할 뿐이다.

나는 다이얼식 전화와 필름 카메라와 태엽 손목시계는 실제로 써봤지만, 축음기는 영화에서만 봤다. 스피커도 없는 축음기 하나로 무도장에 모인 사람들이 춤을 추는 장면은 지금 생각해도 신기하다. 중학교 때 카세트덱은 음량을 최대로

올려도 반 아이들의 떼춤을 받쳐주지 못했다. 로베르토 베니니Roberto Benigni의 영화 〈인생은 아름다워La Vita È Bella〉의 명장면 중 하나는 주인공 귀도가 나치 수용소에서 아내에게 자신과 아들이 살아 있다는 것을 알리기 위해 몰래 음악을 트는 장면이다. 축음기의 나팔을 여자 수용소 쪽으로 돌리는 그의 물리적 동작이 감동을 증폭했다. 축음기의 물성이 만든 감동이었다.

이때 축음기에서 수용소로 울려 퍼지던 노래가 오펜바흐Jacques Offenbach의 오페라 〈호프만 이야기Les Contes d'Hoffmann〉에 나오는 〈호프만의 뱃노래Belle nuit, ô nuit d'amore〉다. 주인공 호프만은 달밤에 곤돌라 위에서 이 노래를 부르는 줄리에타를 보고 한눈에 반한다. 나는 이 오페라를 본 적도 들은 적도 없었다. 그런데 이상하게 노래 제목만 귀에 익었다. 어디서 들었지? 분명 어디서 들었는데?

그게 생각난 것은 한참 뒤였다. 간만에 맘먹고 책장을 닦고 정리할 때였다. 어릴 적부터 있던 책들은 거의 없어져서 손에 꼽을 정도였다. 그중에 신지식 선생의 단편집이 다섯권 있었다.

《하얀 길》
《감이 익을 무렵》

《갈매기의 집》

《바람과 금전화》

그리고 《끊일 듯 이어지는》.

신지식 선생은 전후戰後 세대 청춘들의 감성과 꿈을 아름답게 그려낸 청소년 문학가다. 《빨강 머리 앤Anne of Green Gables》을 국내에 처음 번역해 소개한 것으로도 유명하다. 내가 초등학교 때 엄마는 본인의 고등학교 은사였던 선생의 책을 명동 성바오로 서점에서 한 권씩 사다 주었다. 내가 살아보지 못한 시대의 격동을 흐린 배경으로 삼고, 그 시대 소녀들의 애틋한 정서를 전경에 놓은 이야기들이 가슴을 아릿하게 녹였다. 그중 《끊일 듯 이어지는》에 〈여름밤의 뱃노래〉라는 단편이 있다. 바로 여기에 〈호프만의 뱃노래〉가 나온다.

교내 합창대회를 앞두고 반마다 학생들이 늦게까지 남아 노래 연습을 하는 어느 여학교. "가지가지의 곡조가 열린 창문들에서 흘러나와 교사가 온통 선율 속에 파묻힌 듯한" 저녁이다. 덕분에 교무실도 선뜻 퇴근할 수 없는 형편이 됐다. "그냥 가끔 들어오셔서 봐주세요. 선생님이 계시면 아이들이 좀 더 열심히 해요." 선생님은 반 음악부장의 말이 생각나 발을 옮기지만, 〈호프만의 뱃노래〉가 흘러나오는 교실에 차마 들어서지 못한다. 어둑한 복도에서 소녀들의 노래를 숨죽여 들는 젊은 여선생님. 떨리는 가슴으로 줄리에타를 지켜보는 호프만처럼.

신지식 선생의 여학생들은 19세기 오페라에서 악마의 정부 줄리에타가 부른 정념의 노래를 이렇게 바꾸어 불렀다.

고요하게 남해 바다 달빛 어리어

부서지는 달빛 헤쳐 배를 저으며

행복의 나라를 찾아 끝없이 가리

(…)

고요하게 남해 바다 달빛 어리어

물새마저 이 밤에는 잠들었는데

아아 행복의 나라 찾아 끝없이 가리.

학살의 현장에서도 무한 긍정의 힘을 잃지 않는 남자가 아내에게 안부를 전하는 노래로는 원래의 농염한 가사보다 이 가사가 더 어울리는 것 같다.

영화나 소설을 기억할 때 그것의 내용보다 그것이 만든 심상이 더 오래갈 때가 많다. 때로 그런 심상들이 마법의 색인처럼 예상치 못한 연결을 만든다. 축음기에서 흐르던 잡음 섞인 뱃노래를 베네치아의 요부 줄리에타가 아니라 1960년대 한국의 갈래머리 여학생들의 노래로 기억하는 것. 심상의 연결은 시공을 초월한다. 영화의 축음기와 책장의 낡은 책이 만든 판타지다. 심상을 잇는 매개자로 아날로그 시대의 물성이 아직 힘을 발한다.

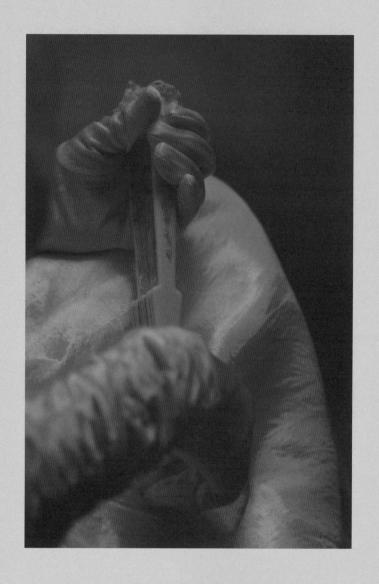

쥘부채

추파의 도구
: 정념을 접었다가 폈다가

내가 당신의 부인이라면 보석 대신 이걸 원할 거예요.

남녀는 부채로 말없이 에로틱한 언어를 나누죠.

(부채를 왼쪽 가슴에 올리면) 사랑해요.

(접어서 왼쪽 뺨에 대면) 우리 언제 만날까요?

(활짝 펴서 올리면) 기다려요.

(접어서 부채 끝으로 턱을 받치면) 키스해도 좋아요.

(착 펴서 얼굴을 가리면) 앗, 누가 우릴 보고 있어요.

영화 〈굿 우먼A Good Woman〉에서 얼린 부인이 아내의 생
일 선물을 고르는 로버트 윈더미어에게 접근하는 장면이다.
영화에서 가장 인상 깊은 장면이었다. 젊은 윈더미어는 이른

바 '부채의 언어'를 맛보기 전수하는 얼린 부인의 교태에 넘어가 거금을 주고 골동품 금부채를 산다. 상류사회 유부남들을 유혹해 물주로 삼는 얼린 부인과 그녀의 비밀을 둘러싼 해프닝을 그린 〈굿 우먼〉은 오스카 와일드의 희곡 〈윈더미어 부인의 부채Lady Windermere's Fan〉를 원작으로 한다.

원작이 19세기 빅토리아 시대 귀족사회의 위선을 풍자했다면, 영화는 1930년의 뉴욕과 이탈리아로 배경을 옮겨 미국 상류층의 허울을 조롱한다. 얼린 부인은 뉴욕 사교계에서 빨아먹던 단물도 말라가고 따가운 시선들 때문에 발붙일 데가 없어지자 패물을 팔아 유럽행 배에 몸을 싣는다. 그리고 본국의 대공황을 비웃듯 휴양지의 향락 문화에 젖은 부유한 '해외도피자들expatriates'의 사회에 합류한다. 얼린 부인의 타깃은 젊고 돈 많은 신혼부부 로버트와 메그 윈더미어. 그녀의 등장은 얼마 안 가 그곳에 일대 파문을 일으키고, 밑에서 끓던 욕망들이 표면으로 부상한다. 이 영화에서 부채는 두 주인공 얼린 부인과 윈더미어 부인의 손을 오가며 유혹과 오해를 매개한다.

부채는 언제부터 있었을까? 가장 오래된 부채는 이집트 투탕카멘의 피라미드에서 나온 깃털부채라고 한다. 하지만 우리가 아는 접선摺扇, 즉 겉대와 속살을 만들고 질긴 한

지나 천을 발라서 접었다 폈다 하는 쥘부채는 고려가 원조다. 고려 접선이 중국에 전해졌고 중국을 통해 17세기경 유럽에 들어갔다. 이때부터 꽃피기 시작한 유럽의 부채 문화가 18세기 로코코 시대에 극에 달했다. 상아, 보석, 레이스로 화려하게 꾸민 부채가 앙증맞은 키튼 힐 구두와 백분을 뿌린 퐁탕주 fontange(프랑스판 가체)와 더불어 로코코 시대의 3대 패션 아이템이 됐다. 하지만 부채는 귀족의 지위와 사치를 상징하는 데 그치지 않았다. 밀담을 숨기거나 과시하는 가리개로, 시선 집중과 주의 환기를 위한 도구로 기능했다.

그러다 공공장소에서 남녀 간의 밀당을 말 대신 부채로 전달하는 방법이 생겨났고, 이 부채의 언어가 19세기 유럽의 궁정과 살롱으로, 무도장과 오페라극장으로 퍼져나갔다. 부채로 보내는 신호는 정말로 다양하고, 종종 자의적이고, 심지어 지역마다 달라서 당시 남녀가 과연 이를 숙지하고 사용했을까 의심이 들 정도다.

빅토리아 시대 영국의 경우, 느린 부채질은 "나 결혼했어요", 빠른 부채질은 "나 약혼했어요", 부채를 접어서 왼쪽 귀에 대면 "꺼져줄래요?", 부채를 펴서 왼쪽 귀를 덮으면 "우리의 비밀을 지켜줘요"였다. 이런 게 수도 없다. 여기에 대면 작전 누출을 막으려고 수시로 바꾼다는 야구 수신호도 명함을 내밀기 어렵다. 남녀가 대놓고 들이대기 어려웠던 시절, 부채는 '썸'의 세계를 지배하는 요술봉이었다. 당시 유럽에서 여성이 유혹의 대상만이 아니라 주체가 된 데에는 부채의 도움이 컸다.

추파秋波는 '가을 물결'이다. 무려 이태백의 시에 나오는 표현이다. 여인의 아름다운 눈빛을 부르는 말로 쓰였다. 추파는 원래는 그렇게 음험한 단어가 아니다. 이 단어가 부정적인 어감을 갖게 된 것은 역시나 여성과 연결됐기 때문일까. 여성의 애정 표현은 사회적 비용을 비싸게 지불할 뿐 아니라 언어적 비하도 많이 겪는다.

추파flirting와 구애wooing는 다르다. 구애는 동물이 짝짓기 의사를 전달하는 것을 말한다. 공작이 꼬리를 활짝 펴고, 개구리가 목청을 뽑고, 캥거루가 권투를 하고, 인간이 다이아몬드를 사는 이유는 모두 같다. 잠재적 짝에게 발정을 신호하고, 교미와 번식의 파트너로서 자신의 자질을 과시하기 위해서다. 구애는 직접적이고 명확하다. 반면 추파는 직설적이지 않고 복잡미묘하게 일어난다. 추파는 로맨틱한 만남을 위한 포석이고 투자다. 하지만 불발의 위기가 감지됐을 때 잽싸게 판을 걸을 수 있는 포석이고, 손해 없이 꽁무니 뺄 수 있는 투자다. 또한 추파는 딱히 성적 교합의 의지가 없이도 일어난다. 상대의 맘을 떠보려고. 순전히 장난삼아. 자기 잘난 맛에. 질투 유발을 위해서. 또는 섹스가 아닌 다른 보상을 기대하고 일어날 때도 많다.

구애에는 퇴짜 맞는 망신이나 기존 관계(우정이나 동지애)의 훼손 같은 잠재 위험이 따른다. 특히 여성의 경우는 동서양을 막론하고 오랫동안 구애 자체가 금기였다. 구애의 성패를 떠나 평판에 미치는 타격이 컸다. 좋아하는 남자가 있어도 상대의 관심을 노골적으로 바라거나 즐기기 어려웠다. 그렇다고 너무 철벽을 쳐도 상대의 의욕을 꺾어 기회가 날아간다. 이런 사회적 비용을 치르지 않으려면, 상대에게 밑밥을 던지면서도 유사시 없었던 일로 할 수 있는 간접적인 언어가 필요하다. 그 언어는 수신자가 헷갈리도록 야릇하고 중의적일수록 좋다. 그래야 만일의 경우 시치미를 떼기 좋다. 그래서 추파가 생겼고 내숭이 진화했다. "라면 먹고 갈래?"의 탄생이다.

구애는 본능이고 필요지만, 추파는 문화고 예술이다.

비인간동물은 추파를 던지지 않는다. 인간도 처음에는 그랬을 거다. 먼 옛날 너나없이 자유롭게 야합하던 인류의 조상에게 호박씨 까기란 없었다. 그러다 인류가 생존을 위해 협동 사냥을 해야 했고, 이를 위해 직립보행을 하며 손에 도구를 들었고, 의식과 언어가 생겼다. 이를 감당할 두뇌가 특이하게 커지면서 조산하는 방향으로 진화했고, 출생 후에도 오랫동안 뇌가 자라는 아기를 돌보기 위한 암수 결합을 시작으로 조직과 체계가 서고 역할과 규범이 쌓이면서 문화적 제약들이 생겼다. 그리고 그 제약들은 주로 남성보다는 여성의 성적 활동을 통제하는 쪽을 향했다.

암수 한 쌍 결합을 공고히 하기 위해 몸의 관능이 높아지고 발정기가 없어져 시시때때로 성교하게 된 것은 생리적 진화였다. 하지만 성의 공유를 막기 위해 성적 신호를 억제하는 사회적 비용이 생기고 이 때문에 시시때때로 추파를 던지게 된 것은 문화적 진화였다. 인간행동학자 이레노이스 아이블아이베스펠트Irenäus Eibl-Eibesfeldt에 따르면 문화권에 상관없이 공통으로 나타나는 여성의 추파 행동 가운데 하나가 입을 가리고 킥킥대는 것이다. 그리고 이는, 데스먼드 모리스Desmond Morris에 따르면, 성기를 감추는 대신 도톰하게 발달한 입술이 성적 반응을 연상시키는 모양을 취하려 할 때 이를 급히 가리는 행동이라고 한다.

접선 종주국인 우리나라에서도 접선이 납량納凉의 기능만 하지는 않았다. 우리나라에서는 접선의 주 사용자가 오히려 남자들이었다. 양반 남자들이 접선을 사시사철 패용하면서 그걸로 성질을 부리고, 사람을 부리고, 장단을 맞추고, 체통을 지켰으며, 풍류객은 안무용으로, 능력자는 호신용으로 썼다. 그리고 부채에 감정을 실었다. 화딱지 날 때 부채를 탁 탁 치거나, 딱 접거나, 있는 힘껏 펴서 파르르 떨었다. 선면에 그림을 그려서 부채를 휴대용 병풍으로 만들었다. 부채 자체가 예술품이었다. 자루에는 부채 전용 노리개인 선추를 아름답게 늘였다. 그러나 무엇보다 접선은 관음의 도구였다. 부채로 얼굴을 가리고 내외하는 척하며 몰래 훔쳐보았다. 김홍도의 풍속화 〈노상파안路上破顏〉을 보면 말 탄 선비가 부채로 얼굴을 가리고 남의 아내를 훔쳐본다. 부부의 인사를 받는 척하지만 떳떳한 표정이 아니다. 옆에 남편이 버젓이 있는데도 뻔뻔하다. 떳떳하지 못한데 뻔뻔하다. 그림 제목이 '길에서 웃다'다. 그 장면을 보고 어이없는 웃음이 터진 단원의 표정도 그려진다.

과거에 부채는 금기를 확인하는 동시에 조롱했다. 하지만 영화는 모두가 안전하게 짝을 지키거나 찾으며 해피엔딩으로 끝난다. 구애가 성공하면서 추파는 설 자리를 잃는다. 추파가 필요 없어졌으므로 부채도 다시 얼린 부인의 손에 들려 그곳을 떠난다. '결혼은 벽이 매일 다가오는 감옥'이라던 얼린 부인이 양손으로 부채를 천천히 펴며 'yes'를 말하는 순간, 그녀는 마술이 풀린 듯 농염하고 위험한 여인에서 평범한 중년 부인으로 변한다. 해피엔딩인가? 영화가 초반에 서둘러 깔았던 금기의 복선들은 하나도 실현되지 않았다. 사실 복선이 아니라 허무한 반전의 떡밥이었다.

허무한 반전은 또 있다. 사실 부채의 언어는 19세기 중반 프랑스의 부채 제작사 뒤벨르루아의 마케팅 전략이었다. 창업주의 아들이자 런던 1호점 사장인 쥘 뒤벨르루아Jules Duvelleroy가 부채 신호들을 모아 광고전단 겸 사용설명서로 만들었다. 일부 신호는 전부터 유럽 궁정에서 쓰던 것이었지만 대부분은 그의 창작이었다. 그럼 그렇지. 유행에 왜 상술의 개입이 없으리. 그것 보라. 추파는 자연 발생이 아니라 문화적 발상이다. 하지만 상품은 물건만 아니라 경험을 팔 수 있을 때 진짜다. 부채는 빛을 잃기 전 얼린 부인의 말처럼 '공기가 아니라 마음을 흔들 때not for stirring the air, for stirring the heart' 진짜였다.

욕망의

부득이함

블루 윌로
BLUE WILLOW

제조된 전설

옛날 중국 땅의 어느 고관대작에게 공희라는 어여쁜 딸이 있었다(접시 오른편에 고관대작의 고대광실이 있다. 진귀한 과실수가 우거진 정원도 보인다). 공희는 젊은 하인 장과 사랑에 빠진다. 노발대발한 아버지는 공희의 정원에 높은 담장을 둘러치고 장을 집에서 내쫓는다. 나아가 부유한 군벌 타진과 딸의 혼사를 추진한다. 복숭아나무에 꽃이 피면 혼례를 치르게 된다(공희의 창문 옆 복숭아나무가 보이는가?). 절박한 두 연인은 수양버들 우거진 냇가에 연서를 띄워 서로의 사랑을 확인한다(그렇다, 풍물놀이패 깃발처럼 생긴 것이 버드나무다). 마침내 혼삿날, 두 사람은 타진이 혼수로 보낸 보석함을 들고 도망친다(접시 왼편 다리 위에 도망가는 공희와 장, 그리고 채찍을 들고 쫓아가는 고관대작이 보인다).

공희와 장은 무사히 다리를 건너 공희의 하녀가 사는 누추한 집에 몸을 숨기지만 얼마 안 가 체포령을 든 포졸들이 들이닥친다. 장은 급히 조각배를 구해 와 공희를 구출한다. 두 사람을 태운 조각배는 양쯔강의 물살을 타고 수많은 배들 틈으로 유유히 사라진다. 두 사람은 타진의 보석을 팔아 작은 섬을 사서 정착하고 농사를 지으며 행복하게 산다(접시 위편에 나무와 집이 오종종하게 모여 있는 섬이 있다). 이후 장은 문필로 이름을 떨치는데, 그 명성이 화근이 되어 타진이 둘의 거처를 알아내고, 곧이어 군사를 대동해 섬에 쳐들어온다. 아무 대비도 없던 낙원은 지옥으로 변한다. 장이 살해당하자 공희도 집에 불을 질러 자결한다. 공희와 창을 불쌍히 여긴 신이 둘의 영혼을 불멸의 비둘기 한 쌍으로 만든다(접시 맨 위에 있는 새들이 공희와 장이다).

이것이 18세기 말 영국에서 동양의 청화백자 문양을 본떠 만든 이른바 '윌로 패턴willow pattern(버들 무늬)'에 담긴 이야기다. 여러 출처의 내용을 편집한 대강의 줄거리가 이렇다. 말하는 데마다 디테일은 조금씩 다르다. 윌로 패턴은 1780년에 자기 제작자 토머스 터너Thomas Turner와 판화 조각가 토머스 민튼Thomas Minton이 중국 도자기의 문양들을 이것저것 붙여서 만들었다. 인기는 폭발적이었다. 19세기로 넘어오면서 수많은 자기 회사가 윌로 패턴을 다양한 자기에 적용했다. 이후 윌로 패턴이 들어간 자기류를 통칭해서 블루 윌로라고 불렀다.

세월이 흐르며 패턴에 변형이 일어나고 청백의 기본색 외에 다른 색조가 더해지기도 했다. 윌로 패턴은 영국의 엘리트층에서 서민층으로, 유럽 대륙으로, 대서양을 건너 신세계로 퍼져나갔다. 자기뿐 아니라 직물과 종이와 플라스틱 제품으로도 번졌다. 식당에서 고기와 채소를 커다란 접시에 함께 내는 특가(싼값) 요리를 말하는 '블루 플레이트 스페셜Blue Plate Special'도 여기서 유래했다. 청화백자의 본고장으로 이보다 훨씬 유려하고 심오한 문양을 향유하던 중국과 우리나라에는 오히려 최근에야 알려졌다.

18세기 영국의 자기업자들은 윌로 패턴의 의미를 설명하기 위해서, 그리고 다분히 마케팅 목적으로 비운의 러브 스토리를 지어냈다. 〈로미오와 줄리엣〉 애사哀史의 무대를 중국으로 옮긴 버전이다. 거기에 탑에 갇힌 처녀(라푼젤)와 낙원 탈출(아담과 이브)과 보물 도둑(재크와 콩나무)의 모티프들을 버무렸다. 도망 세 번만에 운이 다하는 결말은 세계의 설화를 지배하는 '세 가지 소원' 서사를 반영한 것이다. 서양의 쓰리아웃 마인드와 동양의 삼세판 정신과 정립鼎立(세발솥 균형) 개념이 만났다.

하지만 복잡한 플롯과 거기 엮인 다양한 사물과 풍경을 버들willow이라는 한 단어로 압축해서 윌로 패턴이라 이름 붙인 것은 놀라운 미학적 판단이다. 그건 칭찬할 만하다.

물가에서 자라는 버드나무는 특히 동양에서 생명과 장수를 상징한다. 유한양행의 로고에 괜히 버드나무가 있는 게 아니다. 중생의 병을 고쳐주는 양류관음楊柳觀音도 오른손에 버드나무 가지를 들고 있다. 감로수를 뿌리는 용도라는 해석도 있지만 어쨌든 생명력과 무관하지 않다. 이순신 장군은 젊은 날 무과 시험장에서 낙마했을 때 버드나무 껍질로 다친 다리를 동여매고 다시 시험에 응했다. 또한 화류花柳(꽃과 버들)는 원래 만물이 소생하는 봄의 감흥을 뜻하는 말이었다. 소생을 뜻하다 보니 민족의 기원에도 버들이 빠지지 않는다. 고구려 시조 주몽은 유화柳花(버들꽃) 부인에게서 났고, 신라 시조 박혁거세도 양산楊山(버들산) 아래 우물가에서 났다.

무엇보다 버들은 고전문학과 설화에서 사랑과 이별의 징표였다. 옛날에는 길 떠나는 정인에게 어서 돌아오라는 의미로 버들가지를 꺾어주었다. 한국의 능소와 박선비는 천안의 삼거리에서, 중국의 이익과 정소옥은 장안의 파교에서 버들

가지를 꺾어 석별의 정을 나눴다. 선조 때의 기생 홍랑도 떠나는 님에게 "묏버들을 가려 꺾어서" 들려 보냈다. 이별만이 아니다. 만남의 장면에도 버들이 있다. 물을 청하는 나그네와 물바가지에 버들잎을 띄워주는 아가씨의 정분이 대표적이다. 고려의 태조 왕건과 장화왕후도 그렇게 만났다고 한다. 춘향이가 그네 매고 놀았던 나무도 버드나무다. 그네 타고 날아올라 버들잎을 입으로 따서 내려오는 춘향이 모습에 이몽룡이 넋을 잃었다. 서포 김만중의 〈구운몽〉에서 양소유와 진채봉도 버드나무가 중신을 서서 만났다. 진채봉이 "누각에 버들을 심어 낭군이 거기 말을 매고 머물게 하려고 했다"고 하자 양소유는 "버들에 천만 가지나 있어서 가지마다 마음이 맺혔다"며 장단을 맞춘다.

유럽의 자기업자들이 윌로 패턴을 만들 때 버드나무가 동양에서 어떤 심상을 얼마나 대변하는지 제대로 알고 만들었을 것 같지는 않다. 버들이 소생과 재회를 상징한다는 것을 그들이 알기나 했을까?

블루 윌로 접시에서 춤을 추는 버드나무를 다시 보자. 시골 냇가에서 다소곳이 흔들리는 실버들의 느낌은 아니다. 머리를 풀어헤친 여인처럼 한편으로는 에로틱하고 한편으로는 으스스한 분위기로 낭만주의 시인들을 사로잡았던 노르망디

늪지의 버드나무와도 닮지 않았다. 그렇다고 클로드 모네의 수련 연못 위로 초록색 비처럼 늘어진 버드나무와도 거리가 멀다. 심지어 어릴 적 우리 동네 육교 위에 총채처럼 나부끼던 버드나무와도 다르다. 피카소 그림보다 더한 해체의 미학을 보여주는 저 조잡한 나무를 어디까지 이해할지는 각자의 감성지수에 달려 있다.

비연호
SNUFF BOTTLE

기쁨의 조건

1929년 뉴욕 증시의 주가 폭락으로 대공황의 헬게이트가 열렸다. 나락의 시작점에서 파리의 디자이너 장 파투Jean Patou는 조향사 앙리 알메라Henri Alméras에게 이런 지시를 내린다. "지금껏 세상에 없던 최고급 향수를 만들어요." 이렇게 한 병에 재스민과 장미가 만 송이 넘게 농축된 향수 조이Joy가 탄생했다. 배금주의의 거품이 꺼진 자리에 새롭게 피어난 사치와 탐닉의 꽃이었다. 월가 붕괴로 부호 고객들과 럭셔리 시장이 동반 침몰하던 때였다. 하지만 장 파투는 조이를 대놓고 '세상에서 가장 비싼 향수'로 광고했다. 조이는 절망의 시대를 위로하는 '기쁨'이 되고자 했다. 실제로 많은 사람이 이 마약 같은 위로에 홀렸다. 결과는 대성공이었다. 사람들은 부의 자취를, 향락의 냄새를 계속 맡고 싶어했다. 조이는 몇 년 앞서 출시된 샤넬 N°5에 이어 가장 많이 팔린 향수가 됐고, 장 파투는 패션 명가뿐 아니라 향수 명가의 반열에 올랐다. 조이가 판 것은 향기가 아니라 환상이었다.

향수는 병이 작을수록 비싸다. 용량이 큰 것은 많이 희석한 것이다. 가장 묽은 것은 향수라고 부르지도 않는다. 오드투왈렛eau de toilette(화장수)이라고 한다. 중간 것이 오드퍼퓸eau de parfum(향수)이다. 순도 높은 알코올에 녹인 향료의 농도가 20퍼센트쯤 되면 물eau을 떼고 비로소 퍼퓸parfum으로 부른다. 묽은 것은 스프레이 방식이지만 진한 것은 톡톡 찍는 방식이다. 전통적으로 향수는 목, 손목, 귀밑처럼 맥박이 뛰는 곳에 찍었다. 심장 박동에 실려 향이 퍼질 수 있게. 체온에 알코올이 날아가며 본향이 올라올 수 있게. 그리고 거기가 상대의 입술이 닿는 곳이었다. 토르소, 즉 몸통에 향수를 칙칙 뿌리는 것은 충분히 에로틱하지 않다. 향이 내 콧구멍만 찌를 가능성이 높다.

1930년에 조이 향수는 아르데코 시대의 고전적 직선미를 뽐내는 투명 크리스털 병에 출시됐다. 하지만 이듬해에 장 파투는 조이를 위한 병을 따로 디자인했다. 중국 비연호를 본떠서 만든 동글납작한 병이었다. 하지만 화려한 색채와 장식

을 자랑하는 청나라 비연호와는 분위기가 많이 달랐다. 일단 까만 병에 빨간 스토퍼의 조합이 강렬하면서도 단아하다. 금색 산세리프 글자는 반듯하다 못해 고지식하다. 병목에 감은 금줄은 마치 결계처럼 은밀하다. 축복과 저주, 색色과 독毒이 동시에 느껴진다. 병은 까맣게 반짝이는 먹 같기도 하고, 플라멩코 댄서 같기도 하다. 아무리 순도 높은 알코올로도 섞기 힘들 것 같은 순수와 관능이 엉켜 있다.

비연호는 낯선 말이다. 나는 조이 향수 때문에 알았다. 비연은 코담배snuff고, 비연호는 코담배를 담는 작은 병bottle이다. 코담배는 담뱃잎을 밀가루처럼 곱게 빻아서 향을 첨가한 담배다. 한 번에 한 자밤씩 집어서 코로 흡입한다. 마치 코카인처럼. 멘톨처럼 정신이 번쩍 드는 향을 첨가해 의료용(?)으로 쓰기도 했다고 한다. 코담배는 대항해시대에 아메리카에서 유럽으로 건너가 대유행했다. 흡연의 배설 효과가 없는 코담배는 어쩐지 금욕적인 인상을 주었다. 껌처럼 씹다가 뱉는 입담배가 상스러움을 대변했다면 코담배는 고상해야 하는 상류층이 애용했다. 그만큼 귀한 취급을 받았고, 하루치 코담배를 담아 휴대하는 코담배갑snuffbox은 기호보다 신분을 과시하게 됐다. 유럽 코담배갑은 작디작은 갑 하나에 금은세공과 보석세공, 세밀화와 카메오 조각술, 밀봉 경첩 기술까지 결집한 초소형 예술품이었다. 사치의 결정체였다. 그러다 17세기에 청나라에 코담배가 들어가면서 비연호가 탄생했다. 상자 형태의 유럽식 코담배갑은 향이 쉽게 빠지고 분말이 날리는 단점이 있었지만 병 형태의 비연호는 입구가 좁아서 안정적이었다. 프랑스의 법랑 공예와 중국의 내화內畵 기술이 결합한 비연호가 유럽으로 건너가 다시 유행했다.

내가 비연호를 실물로 처음 본 건 2018년 서울역사박물관에서 열린 '딜쿠샤와 호박목걸이'라는 전시에서였다. 딜쿠샤Dilkusha는 일제강점기에 서울에 살았던 미국인 광산사업가 앨버트 W. 테일러Albert W. Taylor 부부의 집이다. 1923년 부부는 은행나무골(행촌동) 언덕에 붉은 벽돌집을 짓고 인도에서 본 궁전의 이름을 따서 딜쿠샤라고 불렀다. 딜쿠샤는 산스크리트어로 '기쁜 마음'이다.

발이 넓은 앨버트는 연합통신사의 통신원으로도 활동하며 고종 국장, 3·1운동, 독립투사 재판, 일본군의 제암리 학살 등을 취재해 해외에 알렸다. 3·1운동 개시 전날 아내 메리가 세브란스 병원에서 아들을 출산했다. 앨버트는 간호사가 외국인 병실에 감춘 독립선언서를 보았고, 이를 몰래 빼돌리는 데 성공했다. 그가 작성한 3·1운동 기사는 독립선언서와 함께 1919년 3월 13일 자《뉴욕타임스The New York Times》에 실렸다. 1941년 진주만 기습 후 일본은 다른 미국인들과 함께 테일러 가족을 적국민으로 분류했고, 이듬해 테일러 가족은 결국 조선에서 추방됐다. 이후 딜쿠샤는 사람들에게 잊혔다. 당국의 방치와 세월의 풍파 속에 흉가가 된 이상향에는 가난한 사람들이 법 없이 모여 살았다.

딜쿠샤는 최근에야 테일러 부부 후손의 요청으로 소재와 존속이 확인됐다. 언덕 위 '귀신 나오는 집'의 정체가 밝혀지는 순간이었다. 서울시는 딜쿠샤의 소유관계를 정리해 문화재로 등록하고 2018년 복원에 들어갔다. 그리고 이를 알리기 위해 후손이 기증한 딜쿠샤의 자료와 유물을 전시로 미리 공개한 것이었다. 딜쿠샤의 복원 공사가 끝나고 내부까지 예전 모습대로 재현되면 원래 자리로 돌아갈 물건들이었다.

전시에는 테일러 부부의 영화 같았던 삶을 증명하는 것들로 가득했다. 호박 목걸이chain of amber는 앨버트가 메리에게 사랑의 증표로 준 선물이자 메리가 서울살이를 기록한 자서전의 제목이었다. 부부가 아시아 각지에서 수집한 예술품도 많았다. 열심히 들여다보다가 앙증맞은 단지들로 눈이 갔다. 믿을 수 없이 작은 조각과 그림으로 장식한 병. 비취 구슬 같은 뚜껑. 약병 같은데 약병치고는 너무 화려했다. 그런데 이

SNUFF BOTTLE

상했다. 처음 보는 물건인데도 어쩐지 낯익었다. 비연호……
비연호…… 어디서 봤더라? 아득히, 프랑스 화장품을 수입하
는 회사의 마케팅 직원으로 일하던 20대 시절이 떠올랐다. 패
션잡지들에 향수 기획기사에 쓸 꼭지들을 보내주는 것도 그
때의 내 일 중 하나였다. 그래서 시즌마다 프랑스에서 도착하
는 두꺼운 브랜드북들을 열심히 들여다보던 시절. 거기 실려
있는 향수 스토리들은 냄새라는 화학적 자극을 앞세운 식물
학과 에로티시즘의 멜랑주였다.

복원되면 한번 가봐야지, 하고 생각하며 전시회를 나섰
던 날로부터 3년이 흘렀다. 독립문 쪽으로 길게 산책을 나갔
다가 내친김에 사직터널 언덕으로 방향을 돌려 권율 장군 은
행나무까지 올라갔다. 그날 오후에 딜쿠샤가 개관한다는 소
식을 들었다. 은행나무를 코앞에 마주한 딜쿠샤는 빌라와 아
파트들 사이에 조금은 옹색하게 서 있었다. 옛날에는 서대문
일대가 훤히 내려다보이는 호젓한 언덕이었다는데. 막다른
데라서 행인도 없이 사방이 조용한데 개관 행사를 준비하는
사람들만 마당을 오갔다. 성곽을 따라 자전거가 내려가며 깔
깔대는 소리가 났다.

기쁨은 슬픔의 반대가 아니다. 슬픔이 없는 상태도 아니
다. 오히려 슬픔이 기쁨의 전제조건이고 자격조건이다. 슬픔

이 없는 곳에 기쁨도 없다. 슬픔을 모르는 사람은 진정한 기쁨도 알 수 없다. 우리는 슬픈 곳에서 기쁨을 찾고 거기서 감동을 기대한다. 하지만 슬픔과 기쁨의 화학작용에서 늘 감동이라는 결과가 나오는 건 아니다. 비슷한 시기를 살았던 두 사람이 있었다. 한 사람은 자본주의 패권이 파놓은 수렁 속에 소시민의 삶이 끝없이 추락하던 곳에서 보란 듯이 부귀영화의 향을 팔았다. 다른 한 사람은 야만적 식민통치가 생명과 문화를 짓밟던 곳에 그들의 이상향을 본뜬 집을 짓고 그곳을 고향으로 불렀다. 역설적이게도 그 땅들의 불행이 두 사람을 거부로 만들었다. 낭만과 모험이라는 남들은 누리기 힘든 사치품을 가격표를 보지도 않고 맘껏 소비하게 해주었다. 원하면 그 땅의 슬픔에서 이방인이 될 수 있는 특권을 안겼다.

하지만 기쁨은 슬픔에 동참할 때 아름답고 유효하다. 그리고 유효한 기쁨만이 감동을 안긴다. 한 사람은 그 땅의 슬픔을 브랜드 스토리로 삼아 기쁨을 제조했다. 조이의 브랜드 가치는 여전히 건재해서 2018년에 럭셔리 대기업에 인수됐다. 또 한 사람은 그 땅의 슬픔에서 강제 격리됐고, 그의 기쁨의 궁전은 폐허가 됐다. 딜쿠샤는 2018년에 복원이 시작됐고 지금은 관람 예약이 어려울 정도로 명소가 됐다. 어떤 기쁨은 팔리고, 어떤 기쁨은 기려진다.

차통

TEA CADDY

시간을 밀봉하다

예로부터 중국은 땅이 넓고 물산이 다양해 자국 생산만으로도 아쉬울 게 별로 없었다. 그래서 대외 무역을 '대국의 은혜'로 부르며 뻣뻣하게 굴었다. 중국 차는 17세기 중반 포르투갈에서 시집온 왕비를 통해 영국 왕실에 처음 소개됐는데, 이후 차 문화가 왕실에서 귀족층으로, 산업혁명을 계기로 중산층과 서민층에게까지 퍼지면서 차 수입량이 미친 듯이 늘었다. 중국이 혹할 만한 맞교역 아이템이 없었던 영국은 차 수입금을 고스란히 은으로 지불하며 심한 국부 유출을 겪었다. 그러다 18세기 들어 무역 역조를 뒤집기 위해 더럽게 비겁한 방법을 썼다. 인도에서 생산한 아편을 중국에 밀수로 유통하기 시작한 것이다.

중국은 영국의 차 열풍보다 몇 배나 빠른 속도로 아편에 중독됐다. 견디다 못한 청나라의 선종이 아편 반입 금지령을 내리고 영국 업자의 아편을 압수해 불태우는 극단적 조치를 취하자 영국의 빅토리아 왕은 맞바로 전쟁을 일으켰다. 중국은 1842년 이 아편전쟁에서 속수무책으로 패해 반半식민지 상태로 떨어졌다. 이후 차 생산의 중심이 중국에서 인도로 옮겨 갔고, 차를 소비(아니 음용)하는 문화도 동아시아보다 오히려 영국에서 화려하게 꽃피었다.

영국의 아편전쟁은 고급 문물을 전해준 대상을 지독히 패륜적인 방법으로 파괴하고 능욕한 사건이었다. 그리고 그 가운데에 애꿎게 차茶가 있었다. 차가 영국의 국민 음료가 된 배경에는 더러운 제국주의 침략의 역사가 잘 닦이지 않는 차 때처럼 끼어 있다.

전쟁이 나도 티타임은 해야 할 만큼 영국인의 차 사랑은 유난하다. 차를 마시지 않으면 영국인이 아니라고 생각하는 것 같다. 나는 차를 좋아하지 않는다. 마시는 건 오로지 커피뿐. 차는, 특히 홍차는 내가 주문해서 마신 적이 거의 없다. 영국 사람들은 '커피? 차?' 물어보지도 않고 홍차(블랙티)를 준다. 차를 싫어하는 것은 거기서는 사람의 도리가 아닌 것 같았다. 그래서 받아 마시면 이번에는 우유를 넣지 않는 걸 신

기해한다. 우리에게 '밥'이 식사를 뜻하게 됐다면 영국인에게는 '차tea'가 식사를 뜻하는 말이 됐다. 크림 티cream tea나 애프터눈 티afternoon tea는 스콘이나 샌드위치를 차와 함께 먹는 간식이다. 하이 티high tea쯤 되면 간식이 아니라 아예 저녁 식사다. 빵은 물론이고 고기를 포함한 조리 음식까지 다 차려놓고 식탁에서 먹는다. 귀족이 낮은 티테이블에서 먹는 간식이 로우 티low tea라면, 노동자계급이 높은 식탁에서 먹는 식사가 하이 티였다.

하지만 내 흥미를 끈 것은 따로 있었다. 내가 혹한 건 검은 찻잎에서 붉게 우러나는 찻물도 아니고, 꽃같이 즐비한 다기茶器도 아니었다. 선반에 있던 차통이었다. 차통은 잎차를 담아두는 용기를 말한다. 차통을 영어로 티캐디tea caddy라고 한다. 옛날 동남아시아에서 잎차를 달 때 쓰던 무게 단위 카티kati에서 유래했다고 한다. 차가 사치품이었던 옛날에는 차통 뚜껑에 자물쇠를 달아두고 안주인이 직접 보관하면서 차를 냈다고 한다. 그래서 차통은 부엌이 아닌 귀족의 응접실에 어울려야 했고, 그래서 귀하고 값비싼 소재로 보석처럼 정교하게 만들었다. 처음에는 중국풍 도자기 제품이 주를 이루다가 소재가 나무(물론 로즈우드 같은 비싼 나무), 은, 황동, 칠보, 자개, 상아 등으로 다양해졌다. 하지만 나중에 차가 대중화되

TEA CADDY

면서 틴tin 소재의 통이 대세가 됐다. 소재는 단출해졌지만 디자인은 과거에 대한 향수인 듯 풍자인 듯 여전히 요란하다.

아무튼 내 눈에는 찻집이나 가정집 선반에 나란히 모아둔 틴 차통이 그렇게 예뻐 보였다. 군용반합과 사리함처럼 생긴 것부터 중국 코담배 단지와 우리나라 노리개 침통처럼 생긴 것까지 다양하다. 하지만 나는 아무래도 각진 통에 동그란 뚜껑이 박혀 있는 차통이 제일 정감 간다. 어릴 때 보던 코코아 통이랑 비슷해서 그런가? 사람은 친숙한 것들의 인력에서 좀처럼 벗어나질 못한다. 반들반들한 새것보다 적당히 녹나고 닳은 통들이 더 예쁘다. 시간이 장식이 되어 붙어 있어야 그럴듯해진다.

과거에 차를 귀중품으로 취급하던 경험의 연장일까. 가끔 영화나 소설에서 차통이 쌈짓돈을 모아두는 용도로 등장한다.《더 리더The Reader》의 주인공 한나도 돈을 낡은 차통에 모았다. 중년이 된 소년이 한나가 남긴 돈을 나치 수용소의 생존자에게 전달했을 때, 생존자가 자신은 차통만 받겠다고 말하는 부분이 기억에 오래 남는다. "어릴 적에 보물을 담아두던 차통이 있었어요. 우리 강아지의 털, 아빠와 함께 갔던 오페라의 입장권, 어디선가 발견한 반지…… 그걸 수용소까지 가져갔는데 그곳에서 잃어버렸어요. 저는 이 차통만 갖겠

습니다." 안 그래도 끝이 먹먹한 소설이었는데 낡은 차통까지 그 여운에 합세했다. 차통이 돈을 보관하는 역할을 하는 것이 꽤 흔한 일이었는지, 뚜껑 위에 돼지 저금통처럼 동전 구멍이 있는 차통도 본 적이 있다.

차는 어떤 면에서 향수와 비슷하다. 운치에 대한 인간의 발상과 그걸 실현한 노동과 자본이 작은 용기 안에 쟁여 있다. 원료가 원산지에서 소비지로 이동하면서 물리적, 화학적 변화를 거치고 복잡한 가공과 유통 과정을 밟아서 한 통의 향으로 집약된다. 동시에 수없이 손을 타면서 끝없이 부가가치가 붙는다. 수축과 팽창이 동시에 일어난다. 자연과 인위가 결합한다. 마지막에는 그걸 향유하려는 사람들의 욕망에 부응하는 화려한 패키지에 밀봉된다. 자연의 섭리와 인간의 피땀을 한 손에 쥐는 사치에 걸맞은 가격표가 붙는다. 이 사치의 이권을 놓고 한때 왕조가 망하고 도덕이 땅에 떨어졌던 과거까지 있다면 더 짜릿하다. 사람은 어쩌면 '웰빙'보다 '웰빙의 느낌'에 돈을 쓰고 그 기억을 산다. 그게 내용물이 없어진 후에도 용기를 쉽게 버리지 못하는 이유 같다.

마무리는 차처럼 훈훈하게. 차통에는 차나무를 키우고 찻잎을 말린 하늘과 바람과 흙과 땀이 담겨 있다. 특히 시간

TEA CADDY

이 향미로 변해 담겨 있다. 차가 다 떨어진 후에도 통에 차향이 남는다. 시간이 사람을 조금 더 기다려준다. 거기 담았던 것이 시간이라서 그럴까. 차통은 원래의 용도를 다한 후에도 녹을 훈장처럼 달고 추억과 앞날을 모아두는 용도로 쓰인다. 담아둘 수 없는 것들을 담아두려는 인간의 노력 가운데 차통은 꽤 성공한 케이스다.

스콘
SCONE

데번이냐 콘월이냐,
그것이 문제로다

지금도 파는지는 모르겠다. 1990년대에 조선호텔 델리카트
슨에서 잉글리시 머핀이라는 빵을 팔았다. 평소 멀쩡한 식빵
을 두 번 접고 꾹꾹 눌러서 도로 밀가루 반죽으로 만들어 먹
는 내 입맛에 딱 맞는 찰지고 쫀득한 빵이었다. 세월이 흘러
맥도날드에서 공짜로 나눠주는 에그 맥머핀을 먹었다. 공짜
캠페인이 끝난 후에도 출근길에 몇 번 더 사 먹었다. 하지만
한가운데 큼직하게 자리 잡은 달걀프라이 때문에 1997년 외
환위기 때 유행한 계란빵의 미국 버전 같다는 생각만 했지,
그 푸석한 빵이 잉글리시 머핀이라는 생각은 꿈에도 하지 못
했다. 이름은 같은데 실체가 너무 달랐다. 물론 그 실체는 내
인식 안의 실체다. 사실 진짜 잉글리시 머핀이 어느 쪽에 더

가까운지는 나도 모른다. '진짜' 잉글리시 머핀이라는 것이 존재하기는 할까?

스콘scone이라는 빵을 인식한 경로는 이와 반대였다. 1980~1990년대에 학창시절을 보낸 대다수 한국 사람처럼 스콘이 내 인식과 입에 처음 들어온 것은 KFC에서 팔던 '비스킷'을 통해서였다. 당시 우리는 미국에서는 스콘을 비스킷으로 부른다는 사실을 까맣게 몰랐다(영국에서는 과자를 비스킷이라고 한다. 헷갈린다). KFC에서 비스킷 한 개 값에 놀라고, 주문해서 나온 비스킷의 실체에 또 놀랐던 일이 지금도 기억에 선하다.

스콘은 영국의 국민 빵이요 대표적인 티 푸드tea food다. 집집마다 굽는 모양과 크기가 제각각이다. 영국에서 메주보다 못생긴 스콘을 먹었던 기억이 난다. 기본 밀가루 반죽에 들어가는 부재료도 다양하다. 한국에서 남의 집 제상에 감 놔라 배 놔라 할 수 없듯, 영국에서는 남의 집 스콘에 건포도 넣어라 견과류 넣어라 할 수 없다. 다시 말해 정답이 없는 빵이다. 하지만 그걸 감안해도 KFC 비스킷은 영국의 스콘과 거리가 너무 멀다. 스콘은 모름지기 더 크고 더 뻑뻑해야 한다. 거기다 KFC는 누구 코에 발라야 할지 난감한 양의 딸기잼과 버터만 제공한다. 클로티드 크림clotted cream(빵에 발라 먹는 유지방 크림)은 주지 않는다. 문제는 이 클로티드 크림이다.

크림 티cream tea는 영국의 전통 찻상이다. 홍차와 스콘에 과일 잼과 클로티드 크림이 곁들여 나온다. 이 네 가지가 갖춰져야 완전체다.

이 크림 티 전통을 두고 콘월과 데번 사이에 치열한 원조 논쟁이 있다. 특히 클로티드 크림을 두고 서로 발상지라고 주장한다. 명칭 자체도 한 편에서는 데번서 크림, 다른 편에서는 코니시 크림이라고 부른다. 인접한 두 지방의 자존심 대결은 스콘을 먹는 방식에 대한 논쟁으로 이어진다. 콘월에서는 잼을 먼저 얹고 크림을 얹는 'jam on first' 방식으로 먹고, 데번에서는 반대로 크림을 먼저 얹고 잼을 얹는 'cream on first' 방식을 정통으로 친다. 한마디로 크림이 먼저냐 잼이 먼저냐다. 나는 그동안 무의식중에 데번 방식으로 먹었다. 나만 그런 게 아니다. 가만 보면 대개 한국 사람들은, KFC에서 버터 바르고 딸기잼 얹던 버릇 탓인지 몰라도, 자기도 모르게 데번 방식으로 먹는다. 이렇게 먹는 분들이여, 행여 콘월을 여행할 때 조심하시기 바란다.

'코니시 클로티드 크림'은 1998년 유럽연합의 PDOProtected Designation of Origin(농산품 원산지 명칭 보호) 지위를 얻었다 (제품에 이 명칭을 쓰려면 콘월에서 생산된 우유로 만들어야 하고 크림의 지방 함량이 55퍼센트 이상이어야 한다). 데번도 2010년에 PDO 취득을 위한 캠페인을 벌였지만 실패했다. 콘월과 데번의 지역 갈등에는 상업적 이해관계와 문화적 정체성 문제가 첨예하게 얽혀 있다. 최근에는 누가 켈트족 DNA를 더 많이 가졌는지를 두고도 공방이 있다고 들었다.

켈트족 얘기가 나왔으니 말인데, 막상 스콘의 원조는 스코틀랜드의 전통 빵 바넉bannock(켈트어로 케이크라는 뜻)이라고 한다. 스콘이라는 이름도 스코틀랜드에서 유래했을 가능성이 짙다. 옛날에 스코틀랜드 왕들은 스콘궁에 있는 운명의 돌Stone of Destiny에 올라 즉위했다. 스콘궁의 돌은 딱 한 사람이 올라설 만한 크기의 두툼하고 평평한 돌덩이다. 먹는 스콘과 실제로 많이 닮았다. 13세기에 잉글랜드가 침략했을 당시 빼앗겼다가 20세기 말에야 스코틀랜드로 반환됐다. 그런데 원래 자리인 스콘궁이 아니라 에든버러성의 대관식 의자 아래에 안치했다. 영국에서 왕이 즉위할 때마다 다시 '빌려주는' 것이 반환 조건이었다는데, 그래서 런던에서 가까운 에든버러로 갔을까? 원래 자리로 갔으면 더 좋았을 텐데. 어쨌거나 스콘을 먹으려면 KFC에 가야 했던 '촌스러운' 시절에는 꿈에도 몰랐던 얘기들이다.

지금은 카페마다 스콘을 흔하게 판다. 다만 우리나라 사람들은 스콘을 홍차가 아닌 커피와 함께 마신다. 커피를 고르고 계산대 옆에 있는 스콘을 보며 "스콘도 하나 주세요" 한다. 그러면 주문받는 사람이 "데워드릴까요?" 하고 묻는다. "네!" 아름다운 대화다. 나는 이 짧은 대화가 참 좋다.

스콘을 전문으로 하는 카페나 빵집도 많아졌다. 별별 스콘이 다 있다. 스콘을 먹을 때 최고의 순간은 반으로 쪼갤 때다. 따뜻한 스콘은 게딱지처럼 짝 갈라진다. 반으로 갈라놓고 보송한 속살을 반드시 손가락으로 눌러본다. 빵을 반죽으로 돌려놓는 신공을 발휘할 때다. 누르면 노란 버터가 배어 나온다. 내가 갈등하는 것은 잼부터 바를까 크림부터 바를까가 아니다. 나는 바닥 먼저 먹을까, 뚜껑 먼저 먹을까를 갈등한다. 흐리고 꿉꿉한 날에는 더 고소한 뚜껑 쪽이, 맑고 바람 부는 날에는 더 되직한 바닥 쪽이 균형을 잡아준다. 특유의 텁텁함은 공통이다. 데번은 애거서 크리스티를 낳았고, 콘월은 다프네 뒤 모리에를 낳았으니 나는 그걸로 족한다.

꽃시계
FLOWER CLOCK

자연을 인간계에 편입하려던
오만한 발상

달맞이꽃

그곳은 빛과 어둠이 함께 존재했다.

남색 하늘에 구멍이 난 듯 달이 떴고,

그 아래로 구름들이 어둠을 포개놓은 듯

산등성이를 만들었다. 구름산은 끝없이 모습을 바꿨고

달 아래를 흐르며 봉우리들에 차례로 불을 밝혔다.

하늘과 대지의 경계가 없었다.

시공이 달의 호흡에 따라 조이고 풀리기를 반복했다.

빛 너울이 베일처럼 펄럭이고

연노란 꽃이 달을 향해 자신을 활짝 열었다.

달빛 아래 벌어진 도발이었다.

꽃잎에서는 꿀 냄새가

뿌리에서는 포도주 향이 났다.

교합을 매개할 정령들도 둔갑을 마쳤다.

모든 것이 잠들고 모든 것이 깨어난 밤이었다.

옛날에 어느 꽃다운 아가씨가 외롭게 죽었다. 그녀는 해 대신 달을 숭배하다가 계곡으로 추방된 님프이기도 했고, 태양 부족의 혼인축제에서 사랑하는 남자에게 선택받지 못하고 다른 남자의 청혼을 거부해 벌판으로 내쫓긴 인디언 처녀이기도 했다. 그녀는 매일 밤 달을 보며 사랑하는 이를 그리워하다가 죽었다. 달의 신이, 혹은 달을 닮은 애인이 그녀를 찾아냈을 때는 이미 늦었다. 그녀는 죽어서 꽃이 됐고, 달빛 아래 창백하게 빛나고 있었다. 그 꽃이 달맞이꽃evening primrose이다. 낮에 만개하는 여느 꽃들과 달리 이 꽃은 밤에 핀다. 해가 지면 피어서 밤새 달을 보다가 해가 뜨면 꽃잎을 닫는다. 자리에 까다롭지 않고 주로 버려진 땅에서 피는 이 야생화의 꽃말은 기다림이다.

서구 민간 전통에서 달맞이꽃은 몽환경夢幻境과 별세계別世界로 이어지는 통로였고, 젊어서 떠난 영혼을 상징했다. 옛날부터 사람들은 달빛에 창백하게 피는 꽃들과 밤공기에 은색으로 흔들리는 잎들로 달빛 정원moon garden을 만들고 거기서 달에게 비밀을 속삭였다. 달빛이 흘러내리고 꽃향기가 피어올랐다. 달맞이꽃이 이교異敎의 숨처럼 향을 뿜었다. 옆에서 밤나팔꽃이 하얀 블랙홀처럼 빛을 빨아들이고, 아래에서 나이트재스민이 바람개비 무리처럼 향을 뿜었다. 낮의 색상色相 대신 밤의 색기色氣가 세상을 지배했다. 돌멩이들과 물은 달빛을 은가루처럼 흩어놓고, 풍경은 바람을 소리로 바꿨다. 모두가 한 무더기로 들러붙었다. 밤은 달과 우주, 바람과 땅, 짐승과 꽃, 나와 세상이 모두 같은 원소로 이루어져 있다는 것을 실감 나게 했다. 가장 우주적인 경험이었다. 사람들은 거기서 자연의 관능을 배우고, 자신의 오감을 확장하고, 영감을 얻었다. 아찔한 접지의 순간이었다. 인간과 자연이 주체·객체의 구분 없이 융합된 상태가 마법이라면, 달의 정원은 최고의 마법이었다.

민간에서 달의 정원 개념만큼 오래된 것이 마녀의 정원witch's garden이었다. 마녀의 정원은 식물이 약용으로 쓰이던 때부터 존재했다. 마녀의 정원은 수천 년, 어쩌면 수만 년 된 정원이다. 한때는 약초 전승에 따라 허브 밭을 가꾸던 이들이 마녀로 몰려 죽었다. 인간계는 가끔씩 그렇게 존재의 상대성을 거부하는 도그마로 미쳐 돌아갔다. 달맞이꽃은 마녀의 정원에도 빠지지 않았다. 달맞이꽃은 생리불순과 생리통과 갱년기 증상 완화에 영험했다. 몸의 리듬을 다시 달의 주기에 연동시켰다. 달맞이꽃은 이렇게 잡초가 되기도 하고 약초가 되기도 했다. 약초 기르기뿐 아니라 정원 일, 정원 산책, 정원 감상 자체도 치유의 방법이었다. 사람들은 거기서 사랑의 완성과 삶의 무사와 정신적 안녕을 빌었다.

지금도 사람들은 저마다 마녀의 정원을 꾸민다. 정원이 넓은 마당일 때도 있지만 양동이만큼 작을 때도 있다. 정원의 목적도 다양하다. 《가든 스펠스Garden Spells》의 요리사처럼 마법의 레시피로 사람들의 마음을 움직이기 위해서. 또는 비통함에 진통작용을, 속상함에 해독작용을 위해서. 의기소침을 예방하기 위해서. 사람들은 거기서 자신이 마녀임을 기억한다. 자신이 타고난 마법을 생각한다.

세월이 흘렀다. 피조물의 세계에서 인간만 홀로 주체로 독립했다. 시대는 그것을 계몽이라고 불렀고, 무지를 어둠에 비유했다. 18세기 중반, 북유럽의 웁살라라는 도시에서 한 학자가 우리의 달맞이꽃에 주목했다. 그는 당대 최고의 식물학자였다. 대자연을 분류하고(종속과목강문계), 거기에 학명을

붙이는 방법을 만들고, 식물에 암수의 개념을 부여한 사람이
었다. 그는 과학 연구만큼이나 완벽한 정원을 갖는 데 집착했
다. 당시에 이미 식물에 생체리듬이 있다는 사실이 알려져 있
었다. 낮에는 잎을 올리고 밤에는 잎을 내리는 미모사의 '수
면운동nyctinasty'이 대표적이었다. 하지만 그는 잎의 움직임보
다 꽃의 변화에 집중했다. 그는 70여 종의 꽃을 심어놓고 몇
년에 걸쳐 관찰했다. 그리고 일정한 시간에 꽃을 열거나 닫는
식물들이 있다는 것을 알아냈다. 그 시간은 식물 종마다 달랐
다. 어떤 꽃이 피었느냐에 따라 대략적인 시간을 알 수 있다
는 얘기였다.

　이 식물들을 꽃이 열리는 순서대로 둥글게 배열한다면?
이렇게 꽃시계horologium florae가 탄생했다. 이 학자는 칼 폰 린
네Carl von Linné였다. 린네는 원형의 꽃밭을 시계처럼 열두 칸
으로 나누고, 꽃들을 오전 6시부터 오후 6시까지 개화하는 순
서대로 배치했다. 린네의 꽃시계에서 달맞이꽃은 오후 5시의
꽃이 되었다.

　린네는 시간을 말해주는 정원을 설계했고,《식물 철학
Philosophia Botanica》에 설계안을 발표했다. 하지만 그는 꽃시계
를 실제로 심지는 않았다. 이후 유럽의 많은 식물원이 린네
의 꽃시계를 시도했다. 그들은 대략적이나마 어엿한 시계로

기능하는 정원을 기대했다. 하지만 린네의 목록에 있는 식물들은 대부분 야생화였고, 그들의 개화 시간을 결정하는 생체 리듬은 일조량과 밤낮의 길이, 날씨와 계절의 영향을 받았다. 꽃들의 생체리듬은 불변하게 내재되어 있다기보다 외부 조건에 연동했다. 린네가 측정한 개화 시간들은 어쩌면 스웨덴 웁살라 식물원에서만 유효했고, 심지어 거기서도 한시적으로만 유효했다. 꽃시계를 실현하려는 시도는 모두 실패했다. 자연은 예측 불허이고, 식물은 거기에 순응하기 때문이었다.

린네의 꿈은 이루어지지 않았다. 그는 유럽 식민주의자들의 후원을 받아 생물 분류 체계를 세우고, 제자들을 세계 곳곳으로 보내 자신의 분류법에 따른 동식물 표본을 채집하고, 인류를 피부색에 따라 네 인종(백색 유럽인. 적색 아메리카인, 황색 아시아인, 검은색 아프리카인)으로 나누고, 그것도 모자라 용까지 분류하겠다는 패기를 보였다. 하지만 이 대학자가 꿈꾼 꽃밭은 애초에 실현이 불가능한 것이었다.

식물은 인간이 합의한 세계관 따위 믿지 않는다. 자연은 인간이 시간 단위에 적용한 12진법에 따르지 않는다. 24시간과 60분의 세상에 살지 않는다. 우리가 꽃에게 기대할 수 있는 꾸준함은 시간 엄수가 아니라 생명 추구다. 달맞이꽃은 꽃가루받이 경쟁이 치열한 낮을 피해 밤에 피고, 어둠 속에서 꽃가루 매개자에게 존재를 알리기 위해 향기를 퍼뜨리고, 향기를 퍼뜨리기 위해 키를 키웠다. 모든 것은 공생의 이치였지 정렬의 묘가 아니었다. 달빛정원과 마녀정원이 자연의 생리에 인간의 정념을 대입한 물아일체를 보여준다면, 린네의 꽃시계는 자연을 철저히 타자로 본 오브제였다. 식물원보다 더한 자연의 사물화였다. 자연의 맥락을 떠난 인간 본위였다. 조물주와 피조물을 구분하듯 인간을 주체로, 자연을 객체로 보는 시선을 이처럼 선명하게 드러낸 예도 드물다. 린네는 자연을 인간세계의 패러다임에 맞추려 했다. 그의 발상은 오히려 그의 계몽주의 시대가 배척하던 권위적 도그마였다.

하지만 포기하기에는 예쁜 발상이었다. 그래서 사람들은 지금은 꽃시계 대신 꽃시계 조형물을 만든다. 원형 화단에다 초대형 '진짜' 시계를 설치한 '가짜' 꽃시계. 화려함과 규모에서 꽃시계는 정말 멋진 오브제다. 그런데 한시적 오브제인 건 여전하다. 분수는 겨울에 물을 뿜지 않아도 조형물로 기능하지만 꽃시계는 봄여름이 아니면 오브제로서 매력을 잃는다. 하지만 꽃이 지고 볼품없어진 꽃밭 위에서 계속 원을 그리며 돌아가는 시곗바늘도 감흥이 영 없진 않을 텐데. 대신 눈이 오면 눈시계가 될 텐데. 꽃시계 발명자가 보면 자존심 상할지 몰라도, 그게 자연의 맥락에 훨씬 솔직하게 들어가 있는 시계가 아닐까. 어쨌거나 어렸을 때는 공원이나 시청 앞이나 교차로 화단에서 종종 꽃시계를 볼 수 있었던 것 같은데 요즘은 이상하게 잘 보이지 않는다. 역시 관리 비용이 문제인 걸까?

FLOWER CLOCK

플뢰르 드 리스

FLEUR DE LIS

결사와 음모의 미학

수년 전 소설 《셜로키언The Sherlockian》을 번역할 때 주인공
이 살인 현장을 검사하는 장면에서 플뢰르 드 리스라는 단어
가 나왔다. 호텔 방의 벽을 묘사하는 용도로 언급됐을 뿐, 기
둥 줄거리는 물론이고 어떤 복선과도 무관한 단어였기에 따
로 옮긴이 주를 달 가치도 느끼지 않아 그냥 '백합 문양 벽지'
로 번역해버렸다. 사실, 생소한데 덩치는 크고 설명하기 복잡
한 단어가 밑도 끝도 없이 튀어나오면 번역하는 입장에선 짜
증이 난다. 중요한 얘기하다가 엉뚱한 데서 디테일해지기 있
기 없기? 기분이 저조한 날은 작가의 유치한 현학처럼 느껴져
입에서 욕도 튀어나온다. 이딴 것까지 검색하게 하지 마.

하지만 플뢰르 드 리스는 우리에게는 생소해도 그쪽 언

중言衆에게는 부지중에 익숙한 거라서 미스터리 소설을 읽는 와중에 '갑툭튀' 해도 의식을 꼬집지 않고 흘러가는 단어다. 굳이 예를 들자면 우리가 '콩떡담장 위로 개나리가 샛노랬다'라는 글을 읽을 때처럼. 같은 개나리라도 콩떡담장 위로 노란 거랑 철망 위로 늘어진 거랑은 다르다. 콩떡담장은 설사 그게 뭔지 정확히 몰라도 독자를 특정 공간과 분위기로 끌어당긴다. 《셜로키언》에 나온 플뢰르 드 리스도, 코난 도일의 '셜록 홈스Sherlock Holmes' 시리즈를 경전으로 삼는 괴짜 학자들이 모일 법한 적당히 통속적이면서 적당히 고답적인 공간으로 독자를 끌어들이는 여러 장치 중 하나가 아니었을까.

번역하다 보면 한 문장에도 번역가의 결정이 골백번 들어간다. 물론 언어 장벽을 허물고, 가급적이면 허물어진 흔적까지 지우기 위한 결정들이기는 하다. 하지만 번역가가 문화는 번역해도 언중의 '문화적 무의식'까지 번역할 순 없다. 어쨌든 그 순간의 내 결정은 우리 독자가 '플뢰르 드 리스'를 알 기회를 박탈했다. 이제 그 업보를 풀어보자.

산울림 소극장 옆 와우교는 평범한 대한민국 육교였는데, 언제부턴가 퐁네프 다리를 콘셉추얼하게(?) 본뜬 듯한 야릇한 외관으로 변했다(맞다, 다리 중간에 발코니도 있다). 그 다리 아래로 내려가는 계단 옆에 작은 스탬프 가게가 있었다.

FLEUR DE LIS

거기서 작은 플뢰르 드 리스 스탬프를 봤을 때 아주 묘한 기분이 들었다. 어떤 오브제에도 속하지 않고(물론 스탬프도 오브제긴 하지만) 모든 맥락을 떠나 오롯이 혼자 존재하는 플뢰르 드 리스는 국그릇에 담아 먹는 컵라면처럼 익숙하면서도 도무지 이질적이었다. 많이 봤지만 모르는 것. 그때였던 것 같다. 플뢰르 드 리스가 내 의식에 도장을 찍은 때. 그래서 그때부터는 어디서 봐도 분명히 알아보게 됐다. 그건 무엇보다 내가 그 스탬프를 샀기 때문이었다. '내돈내산'의 힘이 이렇게 무섭다.

그동안 수없이 보기는 했다. 벽지와 접시부터 옷과 장신구까지 각종 제품에서. 편물과 직물과 지류의 모티프로. 아참, 누군가의 손가락 문신에서도 본 것 같다. 버킹엄궁이었는지 베르사유궁이었는지 철책에서도 본 것 같고, 맥시멀리즘이 득세했던 새천년 전환기에 걸고 다녔던 귀걸이에도 이런 모양이 있었다. 위고Victor-Marie Hugo의 《파리의 노트르담 Notre-Dame de Paris》에서 현숙함의 화신이었다가 질투에 사로잡혀 흑화하는 귀족 처녀의 이름도 플뢰르 드 리스였다. 정신 차리고 보면 플뢰르 드 리스는 사방에 있다

'플뢰르 드 리스'는 프랑스어로 백합꽃이라는 뜻인데 변형이 수없이 많아서 어떤 것들은 꽃보다 횃불이나 삼지창 같

FLEUR DE LIS

다. 맞다, 염소의 뿔처럼도 생겼다. 염소의 뿔은 매우 의미심장하다. 서구 기독교 전통에서 염소는 악마 숭배와 깊게 연결돼 있다. 플뢰르 드 리스는 유럽 왕조들의 문장에 감초처럼 등장하던 문양이다. 특히 프랑스 왕가가 맡아놓고 사용했다. 이 문양의 유래는 불분명하지만 먼 옛날인 건 분명해 보인다. 수천 년 전 지금의 우크라이나 지역에 살았던 무시무시한 기마민족 스키타이인의 황금투구에서도 번쩍이던 문양이다. 그런가 하면 '생명의 나무'를 의미하는 고대 이집트 상형문자에서 왔다는 얘기도 있다. 사실 문양의 꽃이 백합인지, 붓꽃인지, 연꽃인지도 확실치 않다.

플뢰르 드 리스 문양이 유럽에 제대로 퍼진 것은 중세 십자군 전쟁 즈음해서다. 아이러니하게도 이교의 심벌이 기독교 세계를 대변하게 된 것이다. 일단 십자군이 전했으니 자연스럽게 기사수도회(기사수도회 중 가장 유명한 것이 템플기사단이다)와 묶였고, 이후 기사수도회를 둘러싼 각종 결사와 밀접하게 묶였다. 대표적인 것이 '예수의 후손(그게 프랑스의 메로빙거 왕조란다)'을 지키려 결성됐다는 비밀결사 시온수도회 Priory of Sion 다. 시온수도회는 진즉에 날조로 밝혀졌는데도《다빈치 코드The Da Vinci Code》의 여파로 다시 떴다. 백합꽃의 상징이 왕조의 순혈주의를 넘어 예수의 성혈을 담은 성배로 번졌고 동시에 성모마리아로 향했다. 그러다 같은 심벌끼리 격돌하는 일이 벌어진다. 기사단은 '성지 수호' 시장에서 막대한 금융권과 상권을 구축했고, 그런 기사단과 채무관계에 있던 프랑스 왕이 가톨릭교회를 등에 업고 이단의 죄를 씌워 기사단을 토벌한 것이다.

아이러니의 중첩이라 머리가 뱅뱅 돈다. 하지만 플뢰르 드 리스는 학살의 한을 품고 계속 퍼져나갔다. 예수회* 대학들의 교표로, 르네상스의 주역 메디치가의 문장으로, 프리메이슨과 보이스카우트로, 건축과 장식으로, 군대와 구단의 휘장으로. 이 문양의 차가운 외관 뒤에는 피의 역사가 흐르고 컬트와 배교의 맛이 항상 묻어 다닌다.

비밀과 음모가 내장된 플뢰르 드 리스에 필적하는 상징을 동아시아에서 찾자면 금등金縢이 있다. 금등은 쇠사슬로 꽁꽁 묶은 상자를 말한다. 고대 주나라 주공의 고사에서 나온 말이다. 무왕이 죽고 어린 아들이 왕위에 오르자 무왕의 동생인 주공이 조카의 왕위를 노린다는 모함을 받는다. 하지만 주

---

* 예수회는 16세기에 창설되어 종교개혁에 맞선 극단주의 결사의 성격을 띠었고, 유럽 각국의 정치와 시민운동에 깊이 관여하며 때로 가톨릭교회와도 반목했다. 프리메이슨처럼 지식을 숭상하고 엘리트주의를 표방해 예수회가 프리메이슨의 배후라는 설이 있다.

FLEUR DE LIS

공이 과거에 금등에 봉해두었던 글이 발견되면서 모반의 혐의가 풀린다. 주공의 글은 과거 무왕이 병들었을 때 형 대신 나를 죽여달라고 조상에게 빌었던 기도문이었다. 이런 사람이 찬탈을 도모할 리 없었다. 주공은 정치적 권위를 되찾았다. 이 고사에서 나온 금등지사金縢之詞는 후대에 진실을 전하기 위해 숨겨둔 비서를 뜻하는 표현이 됐다.

하지만 우리가 궁금한 금등지사는 단연 영조의 금등지사다. 영조가 남겼고 정조가 찾으려 했던 그것. 영조가 사도세자의 죽음을 애도하고 세자를 죽음으로 몰아간 노론의 정치 공세를 비난한 흔적. 정조 입장에서는 아버지의 무죄를 입증하고 자신의 정통성을 굳히고 조정을 치죄할 명분이 되어줄 증거. 실록에는 영조가 실제로 서문의 형태로 후회의 메시지를 남겼고, 정조도 그걸 보았다는 내용이 있다고 한다. 하지만 오늘날 금등지사의 실체는 전하지 않는다.

그래서인지 드라마와 소설에서 금등지사는 정조가 적폐를 흔들고 피아를 구분하고 판세를 바꾸기 위해 이용하는 게임 체인저로 등장할 때가 많다. 정조는 금등지사를 봐놓고도 어째서 노론에게 속 시원히 딜을 걸지 않았을까. 정조의 심중이 우리로서는 못내 궁금하니까 자꾸만 음모론 아닌 음모론이 나오는 거다. 혹시 임금이 금등지사의 실체가 없는 것을 알면서도 정치 공작의 도구로 삼은 건 아니었을까? 그렇게 개혁의 동력을 얻기 위해서? 우리가 아는 정조대왕이라면 그런 천재적 노림수가 가능하고도 남는다.

사실 성배처럼, 금등지사의 실체는 중요하지 않다. 쇠사슬 상자와 백합꽃 배지라는 외피를 열어보면 사실 거기에는 아무것도 들어 있지 않을 가능성이 높다. 중요한 건 세상을 바꿀 비밀이 존재한다는 암시다. 우리가 그걸 믿고 그걸 찾으려 한다는 제스처만 보여도, 기득권의 철갑을 두른 적들이 당황해서 숨겼던 구멍을 드러낸다. 설사 없는 금등지사를 만들어낸들 무슨 상관이랴? 관건은 상대가 거기에 어떻게 반응하느냐다. 비밀을 암시하는 플뢰르 드 리스는 어쩌면 원칙과 초심을 잃은 세력에게 보내는 무언의 경고다. 기득권이 세운 '질서'를 모욕하고 거기에 반항하려는 욕망이다.

반대로 기득권도 민중을 향해 흑마술을 건다. 그들은 기득권의 영속을 위해서 변화의 움직임들을 이단으로 본다. 세상은 원래 기울어진 운동장으로 설계됐으며 그게 정한 이치라고 최면을 건다. 그러면서 섬뜩한 선민의식을 뿜어내는 플뢰르 드 리스의 부적을 우리에게 들이민다. 양쪽은 끊임없이 보이지 않는 화살 싸움을 한다. 그래서 그렇게 사방에 플뢰르 드 리스가 있나 보다.

자신들의 세계관을 지키려는 셜로키언들의 집회에서 끝내 살인이 일어나던 밤, 첫 번째 단서를 찾는 주인공의 돋보기가 무심코 스쳐 간 곳. 그곳의 낡은 벽지 속에 흐릿하게 떠 있던 문양. 그걸 그렇게 대수롭지 않게 넘길 일이 아니었다. 소설 속 주인공도, 번역한 나도.

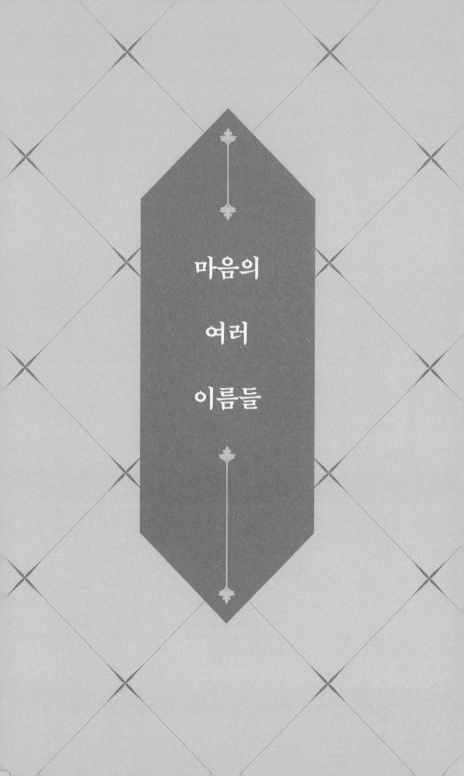

마음의

여러

이름들

책갈피
BOOKMARK

책장과 책장 사이에
시간의 태그를 달다

음악이나 음식만 사람을 타임머신에 태우는 게 아니다. 책갈피도 시간여행의 티켓이 된다.

몇 달 전 책장을 정리할 때였다. 오래된 책 속에서 까맣게 잊고 있었던 것이 나왔다. 파란 목마가 그려진 카드. 그걸 보는 순간 전생처럼 한 장면이 떠올랐고 내가 다시 거기에 있었다. 춥고 바람 불던 삼청동 거리. 반지하 골동품 가게 앞에서 걸음을 멈추고 들여다보는데, 주인이 가게 안이 아니라 길 건너에서 달려와 문을 열어주었다. "들어오세요." 가게를 다 봤는데 살 건 없고, 바람 쐬고 있다가 부리나케 달려와 문을 열어준 가게 주인에게 미안해서 나는 카드를 한 장 집어 들었다. 그때 친구가 내 손에서 카드를 채 갔다. "내가 사줄게. 이

거 보니까 벌써 크리스마스 기분 난다."

벌써 크리스마스 기분 난다.

벌써 크리스마스 기분이 난다…….

방 안의 시간은 그때로부터 십수 년이 지난 5월. 찰나였지만 정말로 크리스마스 기분이 났다. 다음 순간 나는 카드를 손에 든 채 도로 현실로 쏟아지며 울컥 멀미를 느꼈다.

우리는 시간을 잡아두듯 책에다 읽던 자리를 매긴다. 앤 패디먼Anne Fadiman은 《서재 결혼시키기Ex Libris》에서 "책을 읽다가 엎어두는 것이 일시정지 버튼이라면 책갈피로 책을 닫는 것은 스톱 버튼을 누르는 것"이라고 했다. 낡은 책 속에서 여전히 새것 같은 책갈피가 과거의 조각처럼 툭 떨어질 때가 있다. 그걸 품고 있던 책은 세월을 직격으로 맞아 누렇게 뜨고 먼지의 독에 시들었지만 책갈피 혼자 시간여행자처럼 구겨지지도 바래지도 않고 돌아올 때가 있다. 빛의 속도로 멀어졌다가 돌아와 시간 지연time dilation이 일어난 것처럼.

그게 뭐든.

미술관 리플릿, '지구 최대 서점' 아마존의 둥근 화살표, 패션잡지에 껴 있던 정기구독 신청카드, 종로 시네코아 〈아멜리에Le Fabuleux Destin D'Amelie Poulain〉 영화표, 너무나 점잖은 암스테르담 섹스박물관 입장권, 옛날 아파트 관리비 고지서, 빳

빳하게 코팅한 네잎클로버, 바스러질 것 같은 꽃잎, 화장품 상자를 묶었던 리본, 초콜릿을 쌌던 박엽지, 다시 가지 않은 카페의 스탬프카드, 신수동 어딘가의 약도가 그려진 냅킨, 가방 태그, 청바지 태그, 시간의 지우개가 책 제목을 지운 감광지 도서 반납증. 유령 모양의 반투명 포스트잇.

도톰한 하늘색 와펜이 들어 있던 책 속에는 미세하게 움푹한 자국이 남았다. 천체의 중력이 우주 공간을 휘게 한 것처럼. 시간의 씨앗이 시간의 과육에 파고든 것처럼.

어떤 때는 책과 책갈피가 한 몸이 된 듯 분리하기 힘들 때가 있다. 물리적으로도, 심정적으로도. 포켓판 삼중당문고 《生의 한가운데Mitte Des Lebens》에 들어 있던 분홍 카드가 그랬다. 책과 분리하는 순간 책도 책갈피도 특별함을 잃었다. 인간의 의식 밖에서 쌓인 세월은 꿈처럼 날아가고 그냥 낡은 종이만 남았다. 나는 시간의 강물에서 책갈피는 건졌지만 책은 건지지 못했다. 이사를 앞두고 책을 정리하는 내게 더는 그책을 붙잡고 있을 명분도 시력도 없었다.

그렇게 많은 책을 보냈고, 망각의 강을 건넜던 책갈피들만 오히려 돌아와 미련처럼 남았다. 사실은 책갈피라고 부르기도 뭣한 것들이다. 삶의 각질처럼 흩어져 있던 쪼가리들이 책 속에 박제된 것이었다. 진짜 책갈피는 사 모으기만 하고

❦

실제로는 잃어버릴까봐 잘 쓰지 않는다. 아이러니하다. 책갈피는 자리를 지키는 용도인데, 잃어버려도 되는 것들이 주로 그 용도에 동원된다. 하지만 잊히지 않으면 발견되지도 않는 법이다. 책에 들어가 있지 않았던 책갈피는 아무리 오래된 것도 의미가 없다. 봐도 멀미가 나지 않는다.

나는 책 모서리를 접지 않는다. 책 자체에는 어떤 식으로든 표시하지 않는다. 학교 다닐 때 썼던 교재나 참고서 빼고는 책에 낙서도, 메모도 하지 않는다. 누가 책에 끄적거리거나 책장을 접는 걸 보면 이상하게 오싹하다. 반양장본 날개나 띠지로 읽던 데를 막아놓는 것도 싫다. 펼쳐놓거나 엎어놓고 방치한 책도 보기 불편하다. 이 강박이 책을 읽다가 아무거나 눈에 들어오는 것으로 책갈피를 하는 버릇을 낳았다. 짧은 유효기간을 타고난 것들이 이렇게 붙들려 유물이 된다. 책갈피는 책을 내가 그걸 읽던 시간과 공간에 말뚝처럼 묶는다.

나는 속으로 움찔한다. 책 모서리를 접는 것은 성스러운 불문율을 어기는 것처럼 망측하다.

_줄리 머피Julie Murphy, 《푸딩Puddin'》, Balzer & Bray, 2019

그때 내게 파란 목마 카드를 사준 친구는 이제 없다. 이

BOOKMARK

별을 표현하는 말은 여러 가지지만 나는 그저 '차원을 달리했다'라고만 하고 싶다. 카드를 산 가게도 없다. 삼청동에 밀려온 젠트리피케이션의 여파로 다른 여러 가게들과 함께 사라졌다. 그렇게 따지면 잡동사니를 좋아하고 책을 사방에 쌓아 놓던 그때의 나도 없다. '미니멀이 노멀'을 외치며 오늘도 버릴 것을 찾는 아직은 생소한 내가 있을 뿐.

《시간여행자의 아내The Time Traveller's Wife》에서 아내는 죽은 남편이 과거로부터 불쑥불쑥 나타나는 순간을 기다린다. 과거에 남편이 미래로 여행했던 순간들. 그리고 아내는 더는 남편이 나타나지 않는 때가 오는 것을 두려워한다. 나도 비슷하다. 과거의 내가 심은 리마인더들이 조만간 재고를 다할 날이 온다. 이미 너무 많은 것을 버리고 현재에 갇히기로 결심한 전향자의 비애다.

컴퍼스 로즈
COMPASS ROSE

하늘과 바람과
별과 장미

오래전이었다. 크리스마스 무렵 선배언니와 소공동 조선호텔 로비에 있는 커피숍 '컴퍼스 로즈'에서에서 만났다. 둘 다 직장이 근처긴 했지만, 그래도 생각하면 신기하다. 지금 이 나이에도 잘 가지 않는 호텔 커피숍을 새파랗게 젊었던 그때는 오히려 약속 장소로 자주 이용했다. 지금처럼 프랜차이즈 커피전문점이 많지 않아서 그랬나?

지금까지 그날을 기억하는 이유가 중요한 약속이었기 때문은 아니다. 우리 자리에서 멀지 않은 무대에서 재즈밴드가 생음악을 연주하고, 황궁우 팔각지붕이 내다보이는 창가에 둥근 등이 주렁주렁 황금빛을 뿜어냈다. 크리스마스 분위기 제대로였다. 그런데 느닷없이 커피숍에 방송국 뉴스 카메라가 들어왔다. 무슨 일인가 싶었는데 대단한 일은 아니었다. 다만 다음 날 뉴스에 시내의 연말 분위기를 스케치한 장면들이 나왔는데 거기 우리가 딱 나왔다. 참, 우리라고 하면 안 된다. 선배언니만 나왔다. 선배는 길에서 사람들이 돌아볼 정도로 미인인데, 우리도 모르는 사이 카메라가 재즈 무대를 배경으로 선배를 딱 잡았다. 동시에 나는 뒤통수조차 찍지 않겠다는 카메라맨의 노력이 역력했다. 웃으면 안 되는데 웃겼다. 아무튼 컴퍼스 로즈라는 단어를 접할 때마다 그때 생각이 나는 걸 보면 나름 내상이 있었던 모양이다.

그런데 말입니다, 조선호텔 커피숍 이름은 왜 컴퍼스 로즈일까요? 지도 한 장, 배 모형 하나 없는 곳인데. 오히려 도서관 라운지처럼 생겼는데. 그때도 알 수 없었고 지금도 모르는 일이다. 다만 지금 억지로 생각하면 나름 의미 있는 연결고리가 하나 있긴 하다.

컴퍼스 로즈란 나침반의 방위도를 말한다. 어떻게 장미가 방위도가 됐을까? 사방cardinal directions(동서남북)을 계속 세분하며 둥글어진 모양이 겹겹이 포개진 장미꽃잎을 닮아서다. 컴퍼스 로즈는 중세 이탈리아의 포르톨라노 항해지도portolan chart에 처음 등장했다고 한다. 바다에서는 바람이 불어오는 곳이 곧 방향이었다. 그래서 컴퍼스 로즈를 '바람의 장미

the rose of the winds'라고 불렸다. 하지만 사막에서는 별들이 뜨고 지는 곳이 방향이었기 때문에 거기서는 '별들의 장미the rose of the stars'였다. 실제로 컴퍼스 로즈의 뾰족하게 뻗어나간 나침들은 장미보다는 등대처럼 빛나는 별을 더 닮았다.

알프스산맥 너머에서 차갑게 내려오는 트라몬타나tramontana(북풍),

크레타섬 너머에서 뜨겁게 올라오는 오스트로ostro(남풍),

해지는 에렙에서 부는 포넨테ponente(서풍),

초승달 뜨는 동방의 바람 레반테levante(동풍),

헬라스 세계의 올리브색 바람 그레코greco(북동풍),

'꽃피는 사막' 시리아의 바람 시로코scirocco(남동풍),

아드리아만의 파랑이 만드는 마에스트로maestro(북서풍),

거대 대륙 아프리카의 입김 리베치오libeccio(남서풍).

컴퍼스 로즈가 만들어지던 시기 유럽인의 세계는 지중해 주변을 벗어나지 못했다. 그들의 태양은 그 바다에서 뜨고 같은 바다에서 졌다. 이 바람들은 이탈리아와 그리스, 소아시아와 북아프리카로 둘러싸인 지중해에만 해당한다. 즉 지방풍에 불과하다. 우리나라 영서지방에서 북동풍을 높새바람이라

COMPASS ROSE

부르는 것과 비슷하다. 하늬바람은 일반적으로 서풍을 이르는 말이지만 제주도에서는 북풍이 된다. 지역마다 사방의 지형과 기후가 달라지면 바람의 이름도 성격도 달라지는 것이다. 그런데 이 유럽 지중해 지방풍의 이름들이 컴퍼스 로즈에 실리면서 풍향을 이르는 일반명사가 됐다. 그중 트라몬타나(북풍)의 T자 위에는 화살 머리를 추가해서 북쪽을 표시했는데, 이게 플뢰르 드 리스fleur de lis 문양과 비슷해서 나중에는 아예 플뢰르 드 리스가 북쪽을 나타내는 기호가 됐다. 그리고 동쪽은 십자가로 표시한다. 예수가 탄생한 방향이라는 뜻이다. 컴퍼스 로즈는 모든 지도와 해도, 나침반의 방위표가 됐고, 방향과 관계있는 모든 것의 심벌이 됐다. 이제 컴퍼스 로즈의 바람들은 지구 곳곳의 수천수만 바람을 대표한다.

컴퍼스 로즈는 중세 유럽 지중해에서 태어났지만, 방향을 알려주는 나침반 자체는 그보다 훨씬 오래됐다. 나침반은 유럽 밖의 더 넓은 세상에서 발명됐고, 작용 원리도 범지구적이다. 지남철(천연자석)이 지구의 자기장에 반응해서 항상 같은 방향(남북)을 가리키는 데서 착안했기 때문이다. 나침반의 방향은 컴퍼스 로즈와 달리 사람이 임의로 정한 방향이 아니라 지구가 정한 방향이다. 동양에서는 나침반이 항해의 도구가 되기 한참 전부터 점술과 풍수에 이용됐다. 우리나라

에는 후기 신라 때 들어왔다. 우리의 전통 나침반을 윤도輪圖
라고 부른다. 산수와 인간의 조화를 찾는 지관들의 필수품이
었다. 자침을 중심으로 여러 층의 동심원을 만들어서 방위뿐
아니라 음양오행과 주역팔괘에 24절기까지 넣었다. 그래서
장미나 별보다는 바퀴처럼 생겼다. 인생행로와 우주원리가
굴러가는 바퀴인가? 바퀴도장(윤도)은 컴퍼스 로즈의 심오한
확장판이다.

　　컴퍼스 로즈에는 지구의 바람들이 담겨 있다. 목적지까
지 데려다줄 바람. 거기까지 무사히 가고자 하는 바람. 바람
마다 방향이 있다. 무한한 방향들이 모여 땅의 장미와 하늘의
별을 만들었다. 컴퍼스 로즈는 세상에서 자신이 점하는 위치
를 알고 싶은 인간의 갈망을 대변한다. 인간을 자연에 조화롭
게 정렬하려는 의지도 들어 있다. 위치가 잠재에너지를 만들
고 조화가 에너지를 순환시키니까. 그래서인지 사람들은 나
침반을 보면 다른 물건과 달리 손가락으로 들지 않고 손바닥
으로 꼭 쥔다. 따뜻한 머그컵처럼. 스노글로브처럼. 손안에 지
구를 들듯이. 어느 판타지 작가의 말처럼, 두 다리를 벌리고
두 팔을 펼치고 얼굴을 들면 사람도 하나의 컴퍼스 로즈다.
컴퍼스 로즈는 지구, 지구를 둘러싼 하늘, 거기 있는 나의 심

벌이다. 내가 지구인으로 사는 동안 방향을 잃지 않고 행복할 운명일까? 컴퍼스 로즈를 보면 나도 몰래 점치게 된다. 무심결에 기원하게 된다. 그게 컴퍼스 로즈가 상징으로서 우리에게 행사하는 시각적 효과다.

조선호텔은 원래 대한제국 황제가 하늘에 제사 지내던 환구단 터였다. 그리고 이름처럼 환구단의 제단은 둥글었다. 바람이 모인 하늘은 둥글었다. 그 점에서는 동양이나 서양이나 생각이 비슷했다. 일제가 파괴해서 지금은 제단은 없고 황궁우 건물만 남아 있다. 그러니까 컴퍼스 로즈 커피숍은 예전에 임금이 오방제五方帝, 즉 다섯 방향에 복을 빌던 자리였다. 한국판 로즈라인Rose Line* 같다.

이제 나침반은 디지털의 물결 속에 설 자리를 잃었다. 실제 나침반은 장식품이나 선물로만 남았다. 가끔 문진 노릇을 할 때도 있다. 나침반뿐 아니다. 컴퍼스 로즈를 닮았던 많은 것들. 시계, 카메라 렌즈, 눈금 저울, 전화 다이얼도 이제 전자 회로 속으로 마술처럼 사라지고 스마트폰의 앱으로만 반짝인다. 방향을 알려주던 기구 자체는 쓸모를 잃었지만 컴퍼스

---

* 소설 《다빈치 코드》에서 성배의 비밀을 가리키는 이정표로 설정된 개념. 로즈라인은 원래 자오선들 가운데 프랑스가 기준으로 삼은 선, 즉 파리자오선을 일컫는 말이다.

로즈는 아직도 여기저기 장식처럼, 부적처럼 붙어 있다. 컴퍼스 로즈를 보면 문득 순항을 빌고 싶어진다. 운명의 파도 앞에서 내가 항해자이자 선장이자 배인 것은 여전히 변함이 없으므로.

COMPASS ROSE

드림캐처
DREAM CATCHER

현실 공간에
꿈의 통로를 내다

저녁 어스름을 배경으로 바람에 흔들리는 드림캐처의 인상은 강렬했다. 역광을 받아 새까만 실루엣으로 남은 둥근 테와 석양을 잡아서 불꽃처럼 흔들리는 깃털들. 지극히 몽환적이고 주술적이었다.

악몽을 잡아준다는 드림캐처가 언제부턴가 우리나라에서도 선물용으로, 장식용으로 많이 팔린다. 여고생과 뱀파이어와 늑대소년의 삼각관계를 그린 영화 '트와일라잇Twilight' 시리즈의 〈뉴 문The Twilight Saga: New Moon〉에서 인디언 늑대소년 제이컵이 뱀파이어에게 실연당해 심신미약 상태가 된 여주인공에게 드림캐처를 만들어 선물하는 장면이 유명세를 탔고, 몇 년 후에는 국내 드라마에도 남주인공이 여주인공에게

주는 정표로 드림캐처가 등장했다. 덕분에 드림캐처는 이제 우리나라에서 꿈과 관련해 가장 먼저 떠오르는 오브제가 됐다. 단어 자체도 인기다. 드림캐처라는 걸그룹도 데뷔했고, 어느 문구회사는 스터디플래너 이름을 드림캐처라고 지었다.

드림캐처는 일종의 페티시fetish(주물)다. 아메리카 원주민 전통에는 여러 액막이 주물이 있는데 그중 드림캐처는 특히 오지브웨Ojibwe와 라코타Lakota 부족의 전통에서 유래했다. 그들은 버들가지로 둥근 테를 만들고, 쐐기풀을 꼬아서 테 안에 거미줄 같은 그물을 엮고, 거기에 깃털과 원석을 달았다. 원주민 전통에서 둥근 테는 해와 달을 상징하고, 생명과 자연의 주기를 의미했다. 버들과 쐐기풀은 영험한 약초였고, 깃털과 원석에는 신묘한 힘이 있었다. 거미줄은 오지브웨 부족에 전해오는 거미 여인 아시비카시Asibikaashi 전설과 연결돼 있다. 아시비카시는 아이들을 돌보는 영령이다.

드림캐처가 흉몽을 거르는 원리는 부족에 따라 차이를 보인다. 오지브웨족은 좋은 꿈만 그물을 통과해 사람에게 스며들고, 나쁜 꿈은 그물에 걸렸다가 아침 햇살에 이슬과 함께 사라진다고 믿었다. 반대로 라코다족은 나쁜 꿈은 구멍으로 달아나고, 좋은 꿈만 그물에 걸려 깃털을 타고 내려가 잠든 이에게 깃든다고 믿었다.

꿈을 거른다는 것. 꿈의 통로를 만든다는 것. 단순히 꿀 잠을 바라는 것 이상의 의미심장함이 느껴진다.

꿈이란 무엇일까.

우리가 꿈이라고 부르는 것은 사실 '꿈꾼 기억'이다. 꿈의 내용은 잠이 깨면서 연기처럼 휘발한다. 꿈은 주로 얕은 잠, 이른바 렘수면rapid eye movement sleep(안구가 빠르게 움직이는 것이 관찰되는 수면 단계)에서 꾼다. 렘수면은 몸은 자는데 뇌는 깨어 있는 기이한 상태다. 호흡과 심장 박동은 빨라지는데 사지 근육은 움직이지 못하고 대신 뇌파만 활발히 뛰는 상태. 내 의식 밖에서 생명의 기운이 은밀히 뇌로 집결하는 시간.

전체 수면의 4분의 1 정도 차지한다는 이 렘수면 단계에서 뇌에 중요한 일이 벌어진다. 이때 뇌가 기억 저장을 억제하는 호르몬을 낸다. 그래서 낮에 들어온 정보 가운데 필요 없는 것들을 선별해 삭제한다. 그래야 뇌의 과부하를 막고 장기 보관이 필요한 기억들을 잘 저장할 수 있다. 즉 렘수면은 뇌의 메모리 정리 프로그램이다. 저장 공간 확보를 위한 뇌의 능동적 망각 메커니즘이다. 그리고 꿈은 그 과정에서 잘려나간 자투리 기억들이 널뛰는 것이다. 널을 뛰던 기억들은 잠이 깨는 순간 인력에서 놓여난 돌처럼 담장 너머로 날아간다.

하지만 깨끗이 날아가지 않는 꿈도 있다. 잠에서 깨도 눈

꺼풀에 이끼처럼 들러붙고, 목구멍에 녹말가루처럼 가라앉는 꿈도 있다. 폴라로이드 사진에서 색이 날아가듯 기억이 날아간 후에도 감정은 연장될 때가 많다. 기억은 없고 그것이 만든 감정만 메아리처럼 남은 상태는, 비록 잠깐이지만 갑갑하고 먹먹하다. 맥락도 인과도 없던 곳에서 튕겨져 나와 삽시간에 현실의 시공간에 묶이는 기분을 맛본다. 아는 사람들이 총출연하는 대하드라마형 꿈을 꾸면 배역에 따라 실제로 그 사람에게 감정의 앙금이 남는다. 꿈의 찌꺼기다. 유난히 종횡무진했던 꿈이면 몸에도 찌꺼기가 남는다. 급히 쫓기거나 발이 붙어 버둥대다 깨면 렘수면이 올려놓은 심박을 진정시켜야 한다. 20년씩 타임 슬립time slip을 하는 전철을 밤새 들락대다가 깨면 종일 머리가 지끈거린다. 꿈을 잔뜩 꾼 날은 실제로 피곤하다. 꿈이 많았다는 것, 꿈의 찌꺼기가 그만큼 찐득하게 느껴진다는 것. 잠이 내 머리에서 그만큼의 좌절과 원망을 들어냈다는 뜻일까.

'트와일라잇' 시리즈의 원작자 스테퍼니 마이어Stephenie Meyer는 어느 날 뱀파이어가 나오는 꿈을 꾸었고 거기서 본 것을 소설로 썼다고 했다. 이렇게 너무 생생해서 오래, 심지어 평생 기억나는 꿈을 부르는 말이 있다. 에픽 드림epic dream. 이런 꿈을 꾸면, 깨는 순간 대박 맞은 것처럼 긍정적 전율이

온몸을 관통한다고 한다. '트와일라잇' 작가는 실제로 대박 맞았다. 에픽 드림은 내 안에 있는 줄도 몰랐던 것을 내게서 꺼내놓는다. 상상해보지 못한 세계관을 보여준다. 그런데 그게 과연 꿈일까? 꿈은 현실에서 입력된 정보와 장면과 경험들이 무의식중에 뒤죽박죽으로 뜨는 것이다. 꿈은 결국 낮의 잔상 day-residue이다. 그렇게 잠을 채우는 무수한 꿈 가운데 격한 감정과 결부된 것들이 뇌파의 그물에서 불똥처럼 튄다. 하지만 스타라이트 조명처럼, 크리스마스 트리처럼 생생하게 점등됐던 장면들이라 해도 잠이 깨는 순간 전광석화처럼 흩어진다. 기억나는 꿈은 나중에 내 의식이 기억하기 좋게 짜 맞춘 것이다. 꿈을 남에게 전달하면서, 종이에 옮기면서 없던 논리가 붙고 짜임새가 정교해진다. 이렇게 꿈도 꾸지 않은 일들이 일어난다. 따라서 작가가 인터뷰마다 자랑한 '꿈'은 영감의 다른 표현이다. 나는 그렇게 생각한다.

이처럼 여러 관념에 꿈이라는 이름이 붙는다. 누군가를 못내 그리워하면 상사몽相思夢을 꾼다. 꿈속에서 꿈인 것을 아는 꿈은 자각몽lucid dream이다. 고등학교 때 우리 반에 능력자가 있었다. 그 친구는 꿈을 꾸다가 영 아니다 싶으면 '이건 꿈이야'를 외치며 스스로 알아서 악몽을 끝낸다고 했다. 자각몽의 더 발전된 단계는 꿈 내용을 의지대로 바꾸는 것이라고 한다. '의식적인 꿈'이다. 우리 반 초능력자는 그 경지에는 오르지 못했다. 황진이는 상사몽까지는 갔지만 꿈에서 늘 임과 길이 엇갈려서 슬펐다. 그녀도 꿈속 상황을 원대로 바꾸는 자각몽은 이루지 못했다.

에픽 드림과 자각몽과 꿈의 공유와 조작을 한꺼번에 다룬 영화가 〈인셉션Inception〉이다. 주인공은 남의 무의식에서 정보를 빼 오기 위해 꿈을 설계한다. 그 꿈에 채팅방처럼 목표한 대상을 끌어들이고, 나아가 남의 꿈에 침투해 생각과 욕망을 심다가 급기야 본인이 꿈과 현실을 구분하지 못하는 부작용을 겪는다. 조선 시대에 박효관이라는 가객이 있었다. 그는 〈인셉션〉보다 백 년 앞서 꿈으로 현실을 바꿔보려는 욕망을 드러냈다. 자신의 상사몽을 실솔(귀뚜라미)의 넋으로 보내서 자신을 잊고 야속한 잠든 임을 깨우겠다는 시조를 남겼다.

드림캐처는 꿈을 거른다. 드림캐처를 만들어 창에 거는 것은 무의식에서 일어나는 기억의 선별 작업이 성공적이기를 바라는 일종의 의식이다. 오늘 밤 내 속에서 마법의 호르몬이 슬픔을 많이 녹여주기를. 두고두고 위로가 될 순간들은 무사히 붙잡아주기를. 어쩌면 우리는 꿈에서 깨는 것이 아니라 매일 다른 사람으로 일어나는 것이다. 매일 조금씩 다른 사람으로. 그래서 매일 조금씩 다른 세상을 보고, 매일 조금씩 다른 꿈을 만든다. 드림캐처는 꿈의 통로다. 아인슈타인–로젠 다리Einstein-Rosen bridge처럼 차원과 차원을 연결하는 문을 연다. 빛을 빨아들이는 듯 흔들리는 드림캐처는 묘한 최면 효과를 내며 저편과 이편, 꿈과 현실, 의식과 무의식을 잇는다. 장자莊子는 나비가 된 꿈을 꾼 뒤 내가 나비인지 나비가 나인지 모르겠다고 했다. 철학자 루트비히 비트겐슈타인Ludwig Wittgenstein도 "우리는 잠들어 있고, 인생은 꿈이며, 다만 가끔씩 깨어나 그것이 꿈이란 걸 깨달을 뿐"이라고 했다. 어쩌면 우리는 꿈에서 깨는 것이 아니라 다른 꿈들을 만나는 것이다.

사주침대
FOUR·POSTER

공주님의 자기증명,
또는 엠패스의 고통

'진짜' 공주와 결혼하고 싶은 왕자가 있었다. 세상에 공주는 많았지만 다들 그의 맘에 차지 않았다. '진짜'라는 확신이 없었다. 그는 낙심해서 고국으로 돌아왔다. 그런데 폭풍우가 몰아치던 어느 밤, 비에 홀딱 젖은 남루한 행색의 아가씨가 성문을 두드렸다. 그녀는 자신이 사실은 공주라고 했다. 왕자의 어머니인 왕비는 생각했다. '두고 보면 알겠지.' 그리고 말없이 침대를 준비했다. 거대한 침대 틀에 완두콩을 하나 올려놓고, 그 위에 매트리스를 스무 개 쌓고, 그 위에 다시 깃털 요를 스무 장 깔고, 그 위에 아가씨를 재웠다. 다음 날 왕비가 아가씨에게 편히 잤느냐고 물었다. 아가씨가 말했다. "아뇨! 침대에 딱딱한 게 있어서 온몸이 배겨 밤새 한숨도 못 잤어요! 온몸이 멍투성이에요!" 그녀는 진짜였다. 진짜 공주가 아니고서야 그렇게 미세한 자극에 이렇게 예민하게 반응할 수는 없는 법이었다. 왕자는 드디어 짝을 찾았다.

안데르센의 동화 가운데 가장 짧은 동화라고 알려진 〈공주님과 완두콩Prinsessen på ærten〉이다. 이 이야기는 딱 하나의 삽화로 요약된다. 요를 산더미처럼 쌓은 사주침대 위에 고통스러운 얼굴로 앉아 있는 공주님.

사주침대는 귀퉁이마다 기둥이 있고, 그 위에 천장처럼 덮개가 있는 침대다(우리말로는 이런 구조물을 '닫집'이라고 한다. 임금님이 앉는 옥좌가 대표적인 닫집 구조물이다). 옛날 사주침대는 웅장하고 화려했다. 괜히 우리가 사주침대를 공주침대라고 부르는 게 아니다. 사주침대의 네 기둥은 무슨 용도일까. 덮개를 받치고 커튼을 둘러치기 위한 거다. 침대에 커튼은 왜 쳤을까? 원래 목적은 장식보다는 보온과 사생활 보호였다. 옛날 유럽 대저택에서는 주인 부부의 침실에 밤에도 하녀가 지나다녔다. 심지어 수발을 들기 위해 하녀가 주인 침실에서 자기도 했다. 지체 높은 사람들만 사주침대를 쓴 건 아니었다. 하녀들이 쓰는 공동 침실에도 사주침대가 줄지어 있었다. 애인이 숨어들기라도 했을 때 커튼을 둘러친 침대는 최소한의 프라이버시를 지켜줬다. 물론 시각적 차단만 가능할

뿐 소리는 막지 못한다.

사주침대가 공주의 치열한 자기증명의 무대로 등장하는 이 동화의 교훈은 불분명하다. 동화들이 으레 교훈을 노골적으로 드러내는 데 비하면 특이하다. 그래서 짧은데도 묘한 뒤끝을 남긴다. 사람을 겉으로 판단하지 말라는 뜻일까? 작은 것이 중대한 차이를 만든다는 뜻일까? 팔자가 편해서 사소한 데 지나치게 민감하게 반응하는 사람들에 대한 조롱? 아니면 반대로 예민함 예찬?

동서양을 막론하고 고귀한 피blue blood를 예민함에 결부시키는 전통이 존재했다. 이탈리아에는 세상에서 가장 섬세한 여자를 찾던 왕자가 산들바람에 날아온 꽃잎에 맞아 고통에 빠진 여자와 결혼하는 이야기가 있다. 인도에는 절굿공이 소리만 듣고도 온몸에 멍이 든 왕비님 이야기가 전해 내려온다. 모두 같은 원형prototype을 공유하는 다른 버전들이다. 왕자가 '진짜 공주'를 찾는 모험은 결국 예리한 수용성의 종결자, 세심한 감수성의 끝판왕을 찾는 모험이다.

일찍이 미국 SF 드라마 '스타트렉Star trek' 시리즈에 상대의 고통과 상처를 흡수하는 능력을 가진 외계 종족이 나왔다. 드라마에서 이 종족을 부르는 말이 '엠패스empath'였다. 이 엠패스가 최근 높은 공감 능력 때문에 고통받는 사람을 일컫는 용어로 쓰이고 있다. 엠패스는 남들의 정서를 감지하고 공감하는 능력이 '심하게' 뛰어나서 남들의 고통을 자기 고통으로 느끼고, 때로는 실제로 기운을 잃거나 몸이 아픈 경험을 한다. 이들은 사람들이 다치고 죽는 영화를 괴로워서 못 본다. 뉴스에서 마음 아픈 사고를 접하면 후유증이 오래간다.

하지만 현대의 엠패스는 '고귀한 신분'으로 대접받지 못한다. 대접은커녕 달갑잖은 취급을 받는다. 평소 지나치게 예민하다, 유난 떤다는 조롱을 듣는다. 자칫 엄살이나 호들갑이 심한 사람에게 걸리면 거기 감정 이입하느라 정신에너지의 고갈을 겪기 쉽다. 그렇지 않더라도, 고통 가득한 세상에서 스스로 공황장애나 우울증에 걸리지 않으면 다행이다. '스타트렉'의 엠패스도 자신의 희생을 무릅쓰고 남들의 고통을 없앴다. 하지만 그 능력은 오히려 약점으로 작용했다.

무엇보다 엠패스는 '나약한 인간'으로 간주된다. '대범하고 강인한 멘탈'이 성공의 조건인 현대의 냉혹한 경쟁사회에서, 남의 아픔에 '쓸데없이' 신경을 소모하는 심약한 감성은 환영받지 못한다. 실제로 기업 CEO를 포함해 성공한 사람 상당수가 타인의 처지에 둔감한 소시오패스 성향을 보인다는 우울한 말도 여기저기서 들린다. 적당한 도덕 불감증이 득세하는 세상에서 측은지심은 약점일 뿐이다. '누구도 모를 깊은

❧

곳의 불편함'을 감지하는 능력 따위 전혀 중요하지 않다.

　이런 맥락으로 〈공주님과 완두콩〉을 '다시 보기' 해보자. 엠패스 공주가 세상의 찬비를 혼자 다 맞은 모습으로 성문을 두드린다. 그녀는 슬프고 지쳐 있다. 그녀가 감지한 침대 속 완두콩은 세상이 외면하는 타인의 고통에 대한 알레고리다. 사주침대는 엠패스가 신통한 감수성 때문에 고통받는 현장이다. 그녀는 매트리스 산 아래에 묻힌 콩을 자기 구두 속 돌멩이처럼 느낀다. 돌아누울 때마다 그것이 그녀의 등뼈를 아프게 찌른다. 하지만 동화 속 엠패스는 자격을 증명하고 왕자와 결혼한다. 현실의 엠패스도 승리하고 있을까? '진짜'로 인정받고 있나? 냉정한 세상이 쌓아 올린 높다란 사주침대 꼭대기에서 지금도 외딴섬처럼 고통받고 있지는 않나? 이것이 이 동화의 뒤끝이 묘한 까닭이다.

FOUR-POSTER

아티초크
ARTICHOKE

바람둥이의 심장

다른 과일은 깎아 먹지만 파인애플은 '잡아 먹는다'. 한 번 먹으려면 손이 보통 많이 가는 게 아니다. 평생 통조림으로만 파인애플을 먹어본 사람은 모르겠지만. 채소 중에도 다듬는게 아니라 잡는 게 있다. 아티초크. 파인애플이 머리끄덩이 느낌이라면 아티초크는 모가지 느낌이다. 생긴 건 험악한데 이게 명색이 꽃이다. 자세히 말하면 꽃으로 벌어지기 전의 꽃봉오리다. 꽃잎이 꽃술을 철갑처럼 겹겹이 두르고 있다. 아티초크를 먹어본 사람도 잡기 전의 아티초크는 생소할 수 있다. 초면에는 감이 안 온다. 분명히 먹는 건데 어딜 어떻게 먹는 걸까?

일단 가시 돋친 윗부분을 댕강 잘라낸다. 그다음 딱딱한 녹색 겉잎을 하나하나 떼어내고, 노란 속잎도 떼어내면 털 뭉치 같은 보라색 꽃술이 나온다. 꽃술도 들어내고 잔털까지 박박 긁어내면, 드디어 간장 종지 모양의 꽃받침이 남는다. 이 꽃받침을 '아티초크 하트artichoke heart'라고 부른다. 아티초크에서 먹는 부분은 바로 이 부분이다. 아티초크의 심장. 아티초크의 하이라이트. 아티초크의 고갱이. 이걸 먹겠다고 이 고생을 한다. 발라놓은 부분은 요만큼인데 버리는 것은 산더미다. 좀 허무하다. 파이 하나 구우려면 이걸 몇 개나 잡아야 하는 것이냐. 인건비도 안 나오게 생겼다.

프랑스어에 '아티초크의 심장을 가졌다avoir un coeur d'artichaut'는 표현이 있다. 아티초크 하트를 얻으려면 손이 많이 가니까 당연히 마음을 쉽게 허락하지 않는 사람을 뜻하는 말인 줄 알았다. 이 직관은 왕창 빗나갔다. 오히려 반대였다. 아티초크의 심장을 가진 사람은 '바람기가 있는 사람' '쉽게 사랑에 빠지는 사람'을 뜻한다. 워낙 관용적인 표현이라 프랑스에서도 정확한 이유를 모른다. 다만 이렇게 추측한다. '꽃잎을 하나씩 떼서 나눠주니까?' 얼핏 보면 아티초크가 심장과 비슷하게 생겼고, 실제로 꽃잎을 하나씩 떼서 먹기도 한다. 꽃잎 밑부분, 그러니까 꽃받침에 붙어 있던 부분은 먹을 수 있기 때문이다. 심장을 조금씩 떼어서 나눠주는 것. 바람기의

ARTICHOKE

해부학적 은유다.

바람기를 까보자. 내가 한창때 이런 범주화를 곧잘 했다. 다만 일러둘 게 세 가지 있다. 첫째, 여기에는 어떠한 학술적 근거도 없다. 오직 한 사람의 직관과 경험에 근거한다. 둘째, 범주화에 문학의 개념들을 마구 차용한다. 학교 때 전공도 그렇고 지금도 나름 글밥으로 먹고 살기 때문이다. 셋째, 세상의 많은 일이 그렇듯, 특히 사람의 심리가 그렇듯 바람둥이 유형들도 미시MECE*가 지켜지지 않는다. 즉 개인이나 상황에 따라 범주를 넘나들거나 범주가 중첩된다. 이런 경우를 두고 업계 용어로는 '오버래핑overlapping'이라고 한다.

일단 나는 절개 없는 사랑이라고 해서 사랑이 아니라고는 생각하지 않는다. 끝이 괘씸한 사랑도 사랑이고 야박한 사랑도 사랑이다. 지속력에 상관없이 시작이 진심이었다면 사랑으로 친다. 그럼 여기서 진심의 정의가 필요해진다. 대략 이렇게 정해본다. 만약 생리적 도파민 쇄도와 심리적 콩깍지 현상이 결합한 황홀경이 있었고, 그걸 통해 불완전한 상대에게서 일시적이나마 완벽한 이데아를 본 초월적 경험을 했다

---

* '상호 배제와 전체 포괄Mutually Exclusive, Collectively Exhaustive의 약자. 중복도 누락도 없는 완벽한 분류를 말한다.

면 일단 진심이라고 해준다. 설사 도파민의 약발과 콩깍지의 접착력이 좀 짧았다 해도. 그러니까 여기서의 사랑은 무의지의 끌림에 가깝다.

사랑에 잘 빠지는 사람이 있다. 여러 명을 동시에 좋아하는 사람이 있다. 우리 때는 이런 걸 '지점 낸다'고 했다. 지점은 본점을 전제하는 개념이지만 어디가 본점인지 알 수 없게 공평한 충성도를 보이는 선수들이 많다. 파죽지세로 출점하다가 에너지와 자금과 시간이 딸려서 일시에 망하기도 한다. 그런가 하면 상대가 자주 바뀌어서 그렇지 양다리나 문어발은 절대 못 하는 사람도 있다. 이런 사람은 먼저 여기서 싫증이 나야 다른 곳이 눈에 들어온다. 또는 다른 대안이 눈에 들어오면 어김없이 기존의 사랑이 식는다. 이런 사람은 하다못해 연예인을 좋아해도 '입덕'과 '탈덕'을 반복하지 한 번에 여러 연예인에게 같은 강도로 반해 있지 못한다. 즉 신속한 환승은 가능해도 다인승 대관람차를 돌리지는 못한다. 이게 은근히 취향이 아니라 성향이다. 여기서 바람둥이를 나누는 한 가지 축이 보인다. 사건의 동시성과 비동시성.

이번에는 바람둥이가 반하는 대상들을 보자. 반하는 대상들이 나름 한결같은가, 아니면 중구난방인가. 마음을 주는 상대가 많아도 한 가지 이상형을 추구하는 경우가 있는가 하면, 다양성을 추구하는 경우도 있다. 전자가 동일 주제theme의 반복이라면, 후자는 삽화들episodes의 연결이다. 밀란 쿤데라는 전자의 경우를 서정적lyrical 집착으로, 후자의 경우를 서사적epic 집착으로 불렀다. 이상은 현실에 없기 때문에, '서정적' 바람둥이는 끊임없이 낙심한다. 그래서 여러 상대를 전전해도 일말의 동정을 번다. 때로 낭만 있다는 소리도 듣는다. 하지만 '서사적' 바람둥이는 주관적 이상 대신 수집가적 욕망을 보인다. 그래서 대놓고 욕을 먹는다. 쿤데라의 표현에 따르면 "낙심으로 인한 구원을 받지 못한다." 사랑에 원칙과 지조가 있으면 그게 순애보다. 사랑에 원칙은 있는데 지조가 없으면 '서정적' 바람둥이고, 원칙도 지조도 없으면 '서사적' 바람둥이다. 여기서 바람둥이를 나누는 또 다른 축이 보인다. 주제의 일관성과 비일관성.

이제 두 축을 교차해보자. 동시다발적 연애는 책으로 치면 단편집에 해당한다. 그중 반하는 타입이 일관적인 경우는 테마가 같은 작품들을 모아놓은 선집이고, 반하는 타입이 일관적이지 않은 경우는 주인공만 공유하는 독립된 작품들을 모아놓은 연작 단편집이다. 한편, 환승 연애를 이어가는 것은 일종의 연재물이다. 그중 반하는 타입이 일관적이면 여러 작품이 같은 테마로 이어지는 옴니버스 영화에 가깝고, 반하는 타입이 다양하면 주인공이 매회 다른 사건에 휘말리는 에피소드식 드라마가 된다.

바람둥이가 아니라도 생각해보자. 내 사랑의 이력은 어떤 책에 가까운가. 내 연애사는 두 가지 축이 이루는 그래프에서 몇 사분면에 있는가. 혹시 이상을 찾는 모험도 없고, 주제의 변주도 없는 일인극만 내내 쓰고 있지는 않은가? 그건 비극이다.

바람둥이에 대해서는 여러 방향으로 비판이 가능하다. 일차원적 보상회로로 돌아가는 도파민 중독자다. 플라톤의 동굴에서 실체에 등 돌리고 그림자만 무수히 보는 혈거인이다. 정서적 유대는 뒷전이고 관심의 공백을 견디지 못하는 애착 장애다. 타자를 총체적 존재로 보지 않고 끝없이 대상화하는 나르시시스트다. 박애주의는 쥐뿔이다. 못된 인간이다. 헛된 인간이다. 영원히 피상적 변죽만 울리다가 내공 없이 문드러져 망해라. 껍데기는 가라.

아티초크의 심장을 논함에 있어 나는 도덕적 판단을 지양한다. 쇼펜하우어는 우리가 사랑에 빠지는 것은 나의 의지가 아니라 종種의 의지라고 했다. 이성의 지배를 받지 않는 무의식적 '생의 의지Wille zum Leben'라고 했다. DNA의 모자람을 채우고 영원히 살아남으려는 본능. 우리는 그 본능의 맹목적 하인이다. 하인은 주인의 계획 따위 모른 채 끝없이 사랑에 빠진다. 그리고 영원히 완벽해지지 않는 자신에게 분노한다. 사랑이 식고 환상이 깨진다.

하지만 세상의 바람둥이들이여, 사랑에 빠지는 건 죄가 아니라지만 이것을 기억해주기 바란다. 세상에는 꽃잎이 껍데기가 되고 꽃받침이 정수가 되는 역설도 있다는 것을. 꺾이지 않으려는 줄기에만 가시가 있는 게 아니라 때로는 온 방향으로 떨어지는 꽃잎에도 가시가 있다는 것을. 난봉과 낭만을 가르는 것은 심장을 조각조각 떼어주고 남은 꽃받침 같은 그릇에 좌절이 고였는지 여부다.

화장거울
VANITY MIRROR

거울아, 거울아
이제 깨져줄래

언제부턴가 거울 보는 게 무섭다. 하긴 딱히 즐거웠던 적도 없었다. 세상의 미추 관념은 워낙 막강해서 자기본위 편향도 껌으로 이긴다. 더 멋진 종족이 되려는 집단 의지 앞에 한낱 개체의 자존 본능 따위 먼지보다 약하다. 거울 보기가 유쾌하지 않은 게 어제오늘 일은 아니지만 이제는 메두사를 보는 것처럼 무섭다. 잔인할 만큼 현실적인 공간에 버젓이 서 있는 저 낯선 존재는 누구란 말인가. 그래서 거울 속 내 이미지를 심하게 객체화하기 시작한다. 봐야 할 곳만 아주 좁게 본다. 절대 전체를 관망하지 않는다. 심지어 눈도 흐릿하게 뜬다. 거울 안의 나를 보지 않으려고. 심장이 돌로 변할까봐. 노안이 겹친 근시가 도움이 된다. 노화는 메두사보다 무섭다.

한때 스타일링 전문가들이 스타일이 꽝인 사람을 멋진 모습으로 변신시키는 '메이크오버' 프로그램이 유행했다. 그중 영국의 여성 스타일리스트 두 명이 길 가는 사람을 '잡아다' 그 사람에게 맞는 스타일을 찾아주는 프로그램이 있었다. 이들의 주요 타깃은 멋 부리는 것을 아예 포기한 중년 여성이었다. 두 전문가는 독설을 서슴지 않았고, 일단 대상자를 속옷 차림으로 전신거울 앞에 세웠다. 사람들은 하나같이 자기 모습을 똑바로 보는 것을 힘들어했다. 어떤 사람은 손으로 눈을 가렸고, 어떤 사람은 울었다. 자기 몸이 실제로 어떻게 생겼는지 모르는 사람도 있었다. 거울 속 자신을 마주하게 한 다음에야 두 전문가는 강조할 부분과 가릴 부분을 짚어주었다. 무시가 아닌 착시를 위해서.

거울은 나를 비춘다는 점에서 몹시 의미심장한 오브제다. 자기도취narcissism를 상징하는 동시에 자기상환시autoscopy를 매개한다. 자기상환시는 현실에서 자신과 똑같이 생긴 도플갱어doppelgänger를 보는 현상을 말한다. 심리학적 관점에서 자기도취가 자아와 욕망의 합체라면 자기상환시는 자아와 욕망의 분열이다. 거울은 분열이면서 합체를 상징한다. 〈백설공주Schneewittchen〉에 등장하는 거울은 자신의 아름다움을

확인받으려는 왕비에게 당신은 더 이상 가장 아름답지 않다고 말한다. 정직한 거울도, 거기에 분개하는 왕비도 결국 한 사람이다.

도플갱어는 거울의 확장이다. 어딘가에 나와 똑같이 생긴 한 분신이 있고, 그를 인식하면 죽는다는 것이 도플갱어 신화다. 도플갱어는 내 안에 억눌려 있는 욕망, 즉 콤플렉스를 대변한다. 그래서 모습은 같지만 성격은 정반대일 때가 많다. 거울상처럼 똑같지만 반전돼 있다. 오스카 와일드는《도리언 그레이의 초상The Picture of Dorian Gray》에서, R. L. 스티븐슨은《지킬 박사와 하이드 씨The Strange Case of Dr. Jekyll and Mr. Hyde》에서 한 사람에게 존재하는 선과 악의 쌍둥이를 그린다. 쌍둥이가 만나면 쌍둥이의 일방이 상대를 응징한다. 죄목은, 허영이다.

영어에서 화장대는 vanity table이다. 화장대의 거울은 vanity mirror다. 이 단어는 외모 치장을 피상적 과시욕으로 보는 가치관을 반영한다. 심지어 세면대도 vanity unit다. 서구 예술에서 '거울을 든 여인'은 자기애라는 허영을 상징한다. 심지어 여인 옆에 죽음이나 악마의 상징을 배치해서 임박한 파멸을 예고하기도 한다. 그리스 신화에서 물에 비친 자기 모습에 반해 상사병으로 죽는 나르키소스는 남성이었다. 하지만 이후 가부장적 문화가 득세하면서 '허영의 거울'을 보는 존재는 여성으로 변했다. vanity가 붙는 말은 또 있다. 아티스트에게 돈을 받고 전시공간을 빌려주는 화랑은 vanity gallery, 작가에게 제작비를 받아서 책을 내주는 출판사는 vanity press다. 이걸 보면 허영에는 외모 치레뿐 아니라 명성 치레도 포함된다.

순수한 미남자 도리언 그레이와 지적 인격자 지킬 박사의 거울은 그들에게 내재한 방종 욕구를 비춘다. 그들의 욕구는 추한 외모와 노골적 악행의 결합으로 현신한다. 도리언은 자신의 초상을 몰래 걸어놓고, 지킬 박사는 실험실에 거울을 세워놓고 자기 내면의 야수를 은밀히 관찰한다.

두 사람은 처음에는 도플갱어의 발견에 쾌감을 느낀다. 이제 도플갱어를 통해 남모르게 타락할 수 있다. 하지만 도플갱어를 만난 사람은 죽는 것이 원칙이다. 그레이의 정신은 자기 대신 추하게 늙어가는 초상에게 지배당해 순수함을 잃는다. 지킬 박사도 자기가 낳은 악의 분신에게 중독된다. 이제 어떤 약도 듣지 않는다. 대체인가, 합체인가? 두 사람은 뒤늦게 선행을 통해 악한 분신을 누르려 하지만 의도적 선행은 위선일 뿐이다. 분신은 더 강력해진다. 둘은 마침내 도플갱어를 살해함으로써 자신을 파괴한다. 아니, 그 반대인가? 어쨌든 쌍둥이는 함께 소멸한다.

　도플갱어 모티프는 영화에도 자주 등장한다. 〈써머스비 Sommersby〉〈블랙 스완Black Swan〉〈광해, 왕이 된 남자〉 같은 영화를 보면 도플갱어는 인간 내면의 이중성뿐 아니라 인간사회의 이중성에 대한 은유다.

　〈블랙 스완〉의 발레리나는 〈백조의 호수Лебединое озеро〉의 주인공으로 발탁된 후 백조와 흑조 모두를 완벽하게 연기해내야 한다는 강박에 시달리다 정신분열을 겪는다. 그녀의 분열은 자기희생적 완벽 추구와 질투에 눈먼 경쟁이 공존하는 발레리나의 세계를 섬뜩하게 보여준다. 남북전쟁 시대 미국 농촌을 배경으로 한 〈써머스비〉에서는 전쟁에 나갔던 남자가 전혀 다른 성격이 되어 돌아온다. 그러다 그가 포로 생활 중에 저지른 살인으로 기소되고, 마을은 그의 정체를 놓고 이해관계에 따라 둘로 갈린다. 그가 자신을 진짜로 입증하면 교수형이고, 가짜로 드러나면 목숨을 부지한다. 영화 〈광해, 왕이 된 남자〉에서 왕이 만난 도플갱어는 왕권 유지를 위한 정치 싸움에서 자유로운 또 다른 왕이다. 하지만 도플갱어를 만난 사람은 죽는다. 도플갱어를 살해함으로써 자신을 파괴한다. 발레리나는 자신의 라이벌을 찌르고, 써머스비는 진짜를 교수대로 보내고, 왕은 자신을 연기한 광대를 축출한다.

그리고 그 결과 발레리나도, 써머스비도, 왕도 세상에서 소멸한다.

도플갱어 영화를 말할 때 빠지면 섭섭한 것이 〈베로니카의 이중생활La double vie de Véronique〉이다. 우리말로 바뀌면서 제목이 야릇해졌는데, '이중생활'보다는 '겹친 삶'에 가깝다. 그런데 〈베로니카의 이중생활〉은 좀 특별하다. 소멸보다 소생을 보여준다.

폴란드의 베로니카와 프랑스의 베로니크는 한날한시에 태어나 똑같은 모습으로 살아간다. 홀아버지 밑에서 자랐고, 심장병이 있고, 음악에 재능이 있는 것도 같다. 베로니카는 어느 날 폴란드에 관광 온 베로니크를 목격한 후 합창 공연 도중 쓰러져 죽는다. 나중에 프랑스의 베로니크는 여행 중에 찍은 사진 속에서 베로니카를 발견한다. 시위대가 지나가는 광장에 멈춰선 채 놀란 표정으로 카메라를 응시하는 자신의 모습을. 그리고 얼마 전 가슴을 후비고 지나간 슬픔의 정체를 깨닫는다. 바로 그 순간 폴란드의 베로니카가 죽었던 것이다. 이후 베로니크의 삶에 죽은 베로니카의 삶이 퍼즐 조각들처럼 들어온다. 영화에 수없이 등장하는 거울과 유리의 반사체들은 둘의 교감을 말한다. 영화 가득히 등장하는 죽음과 환생의 상징들. 정말로 죽은 사람은 베로니카일까, 베로니크일까. 그들은 죽은 걸까, 살아난 걸까. 영화는 마지막 장면에서 마리오네트 인형극을 보여준다. 인형극에서 춤추는 소녀가 나비로 승천한다.

어느 날 나는 거울 속에서 낯선 나를 봤다. 그날은 갑자기 왔다. 나와 닮았지만 그동안 내가 알지 못했던, 또는 모르는 척했던 시간을 혼자서 살아버린 얼굴을 본다. 늘 예감했지만 마주하기 싫었던 나를 본다. 일단 인식한 이상 더는 무시하기가 어렵다. 내가 그동안 자기만족을 위해 던졌던 많은 질문에 이제는 거울이 다른 대답을 하려 한다. 거울 안의 내가 실재고, 거울 밖에 있다고 믿었던 나는 더 이상 없다. 내 안에서 실현을 기다린다고 믿었던 잠재는 유효기간을 다한 모양이었다. 나는 실현이 아니라 발각됐다. 뼈아픈 합체의 순간이다. 진짜를 인식했으니 사라져야 할 운명을 느낀다.

내가 본질을 잃는 순간, 또는 발견하는 순간은 꽤 폭력적으로 온다. 모든 비밀을 설계한 마리오네트 예술가가 언제든 내 관절의 줄들을 놓아버릴 것 같다. 삶은 무척이나 빨리 흘러간다. 문득 멈춰 서서 버스 타고 멀리 떠나는 나를 놀란 눈으로 쳐다보게 된다. 광장 한가운데 얼어붙은 베로니카처럼.

VANITY MIRROR

《설레는 오브제》가 시작된 곳은 지금은 없어진 홍대 북카페 오타치는 코끼리였다. 2010년대 초 전업 번역가가 되기로 했을 때 늦게나마 '카페공부족'이 될 생각에 설렜다. 월급쟁이 시절의 숙원 사업이었다. 한적한 오후 햇살 쏟아지는 거리를 걷는 것과 북카페 성지들을 섭렵하는 것.

그런데 노트북 사용자 친화적이고, 백색소음이 적당하고, 책상과 의자가 내 앉은키에 호의적이고, 심신의 안정과 의욕을 동시에 부르면서 커피 맛까지 좋고 끼니용 메뉴까지 있는 카페는 의외로 드물었다. 나갈 때마다 결국 행선지는 두세 군데로 집중됐고, 그중 한 군데가 '오타코'였다.

일이 유난히 하기 싫던 어느 날 나는 그동안 생각해둔 딴 짓을 감행했다. "목수연필은 납작하다"로 시작한 첫 글은 아래한글 한 페이지를 넘어갔다. 처음에는 꿍쳐둔 사물들을 하나씩 꺼내 거기 얽힌 소회를 짧게 줄줄이 알사탕처럼 엮자는 구상이었는데, 이 역시 뜻대로 되지 않았다. 하지만 글을 끝냈을 때 어쨌든 기분이 좋았다. 주저앉은 관절과 굽은 척추가 2밀리미터쯤 펴지는 느낌. 또는 몸이 2밀리미터쯤 살짝 자기 부상 하는 느낌. 내 글을 쓴 것은 정말 오랜만이었다.

하지만 누가 시킨 일이 아니기에 글의 진행은 느렸다. 번역이라는 밥벌이는 일의 밀도가 낮을 때조차 다른 궁리의 유입을 막는 지독한 점성이 있다. 나는 몇 편을 쓴 뒤 손을 놓았다. 계절이 가고 해가 갔다. 그러다 2020년 봄, 글쓰기 플랫폼 브런치brunch에 그동안 썼던 오브제 글들을 올렸고, 이후 느리게나마 몇 편을 더 썼다. 이래서 사람은 어딘가에 가입을 해야 한다.

시간이 갔고, 코로나19 때문에 본의 아니게 카페를 끊은 지도 2년 차에 접어들었다. 모처럼 독립공원까지 산책을 나갔다가 길에서 이메일을 확인했다. 브런치에서 보낸 메일이 있었다. "작가님께 새로운 제안이 도착하였습니다." 처음에는 광고메일인 줄 알았다. 그런데 놀랍게도 그것은 갈매나무 출판사 강민형 편집자가 보낸 출간 제의였다. 구독자도 거의 없는 글을 어떻게 읽은 걸까. 그리고 2021년 4월 1일, 어느 텅 빈 카페에서 갈매나무를 만났다. 이미 쓴 편수만큼 더 써야 한다는 과제와 시한을 받았다. 정말 거짓말 같은 만우절이었다.

계약과 마감의 힘은 놀라웠다. 꿍쳐둔 사물들을 꺼내서 보고 또 보았다. 용케 글이 되어준 것도 있고 끝내 꿰지 못한 구슬로 남은 것도 있다. 하나씩 끝낼 때마다 글감이 바닥났다는 낭패감과 다음번 몰입이 두려운 자괴감이 이어졌다. 간혹 찾아오는 자기부상의 순간은 너무 짧았고, 말로만 듣던 작가의 벽writer's block이 도미노처럼 늘어섰다. 연말에 원고를 보내면서 아쉽고 부끄러운 마음이 컸다.

평생 잊지 못할 1년이었다. 부족한 글을 책으로 엮어주신 갈매나무에게 감사드린다. 검증되지 않은 사람을 믿어준 강 편집의 용기와 노고에 감사드린다. 출판계에 있는 것을 빼면 아무 공통점이 없는 P와 K에게 감사한다. 두 사람의 응원에 많이 의지했다. 가족과 친구들에게 감사한다. 오브제 이야기지만 내가 그들과 함께 살아온 이야기기도 하다. 그리고 독자 여러분의 앞날에 좋은 설렘이 가득하길 기도한다.

2022년 봄, 이재경

참고문헌

뱅커스램프

emeralite.com/history.html
en.wikipedia.org/wiki/Green_eyeshade

목수연필

worldhistory.org/Koh-i-Noor
yatzer.com/The-Pencil-Sculptures-of-Dalton-Ghetti

페이퍼백

bbc.com/news/magazine-29125003
warhol.org/timecapsule/time-capsules/
widewalls.ch/andy-warhol-time-capsules-warhol-museum

종이인형

alephbet.com/pdf/cat106b-web.pdf
opdag.com/history.html

갈색 봉지

eater.com/2017/11/15/16527598/feminist-history-of-paper-bags
irishtimes.com/life-and-style/food-and-drink/the-feminist-story-
    behind-the-invention-of-the-brown-paper-bag-1.3401780

에스프레소

Nina Littinger, *The Coffee Book*, The New Press, 2006.
streetdirectory.com/food_editorials

트래블러 태그

classes.bnf.fr/atget/antho/30.htm
Elza Adamowicz, *Surrealism: Crossings/Frontiers (European Connec-
    tions)*, Peter Lang AG, 2006.

무지개 파라솔

www.highsnobiety.com/p/football-casual-fashion

메리제인 슈즈

mentalfloss.com/article/70505/revolutionary-story-behind-mary-
jane-candies
histclo.com/style/suit/buster/buster.html

허니콤 볼

literariness.org/2020/10/11/langue-and-parole
김민숙,《목요일의 아이》, 여학생사, 1980.

쥘부채

angelpig.net/victorian/fanlanguage.html
en.wikipedia.org/wiki/Duvelleroy
journals.sagepub.com/doi/10.1177/147470491401200305
데즈먼드 모리스, 김석희 옮김,《털없는 원숭이》, 정신세계사, 1991.

비연호

en.wikipedia.org/wiki/Snuff_bottle
jeanpatouperfumes.blogspot.com/2013/07/joy-by-jean-patou-c1930.
html
kocis.go.kr/koreanet/view.do?seq=1012341

차통

colnestour.org/magazine_article/tea-tea-caddy-brief-study-early-
history-tea-containers
Graeme Donald, *The Long and the Short of It: How We Came to
Measure Our World*, Michael O'Mara Books Limited, 2016.
plymouthtea.co.uk/blogs/news/37927749-the-difference-between-
high-tea-low-tea

스콘

classiccornishhampers.co.uk/blog/cream-tea/8-amazing-facts-you-
didnt-know-about-scones/

news.cision.com/a-head-for-pr/r/visit-devon-supports-campaign-for-
    devon-cream-teas-to-get-eu-protected-status,c492142
ultimatehistoryproject.com/an-infamous-theft-the-stone-of-scone.html

꽃시계
en.wikipedia.org/wiki/Carl_Linnaeus
gothichorrorstories.com/witches-garden/witch-garden-feature/
    witches-garden-plants/primrose_flowers/
nytimes.com/2015/01/29/garden/planting-a-clock-that-tracks-hours-
    by-flowers.html
wiccanow.com/create-a-witchs-garden-with-our-17-top-pointers/
    ?wpmeteordisable=1

플뢰르 드 리스
familysearch.org/en/blog/fleur-de-lis-symbolism-and-meaning

드림캐처
dream-catchers.org
science.org/doi/abs/10.1126/science.aax9238

사주침대
Iona and Peter Opie, *The Classic Fairy Tales*, Oxford University Press,
    1992.
pitt.edu/~dash/type0704.html

아티초크
depthandinsight.blogspot.com/2017/05/two-categories-of-men-who-
    pursue.html
samwoolfe.com/2020/08/schopenhauer-on-sex-and-romantic-love.
    html

사진 출처

Unsplash
팔러 체어 014 | 페이퍼백 036 | 에스프레소 062 | 텀블러 092 | 무지개 파라솔 107 |
허니콤 볼 122 | 책갈피 204 | 컴퍼스 로즈 210

Pexel
갈색 봉지 052 | 트래블러 태그 076 | 쥘부채 144

Pixabay
깅엄체크 110

flickr
종이인형 044

istock
블루 윌로 156 RapidEye

Wikimedia Commons
스콘 178 Takeaway

gettyimages KOREA
깅엄체크 113 Roger Viollet via Getty Images(상), Bettmann Archive(하)

꽃시계 184 Ursula Schleicher-Benz, Flower clock, Horloge végétale selon Linné, 1948.

설레는 오브제

초판 1쇄 발행   2022년 4월 25일

지은이 • 이재경

펴낸이 • 박선경
기획/편집 • 이유나, 강민형, 오정빈, 지혜빈
마케팅 • 박언경, 황예린
일러스트 • 연어
제작 • 디자인원(031-941-0991)

펴낸곳 • 도서출판 갈매나무
출판등록 • 2006년 7월 27일 제395-2006-000092호
주소 • 경기도 고양시 일산동구 호수로 358-39 (백석동, 동문타워1) 808호
      (우편번호 10449)
전화 • (031)967-5596
팩스 • (031)967-5597
블로그 • blog.naver.com/kevinmanse
이메일 • kevinmanse@naver.com
페이스북 • www.facebook.com/galmaenamu
인스타그램 • www.instagram.com/galmaenamu.pub

ISBN 979-11-91842-17-3 / 03810
값 15,000원